karactère(s)

À Kanelle et à François,
avec qui je fais la route, avec bonheur.

Merci à Zahia pour ses livres, ses connaissances,
sa générosité et pour tout le reste aussi.
Et merci à Blandine, chère Blandine,
qui m'a déniché des chansons au
fin fond d'une bibliothèque.

ISBN : 978-2-02-097287-1
N° : 097287-1

Loi n° 49-956 du 16 juillet 1949 sur les publications destinées à la jeunesse.

Julia Billet

Alors, partir ?

Seuil

Pourquoi j'ai écrit ce livre...

Je me suis arrêtée à un feu rouge, plusieurs années durant, au bord d'un camp de caravanes. Je me suis souvent demandé comment ceux qui vivaient là supportaient le bruit de l'autoroute, le froid de l'hiver, l'éloignement de la ville, le regard des automobilistes. Un matin, j'ai ralenti et, dans le terrain en friche, il n'y avait plus personne, plus rien. J'ai appris peu de temps après que les habitants du lieu avaient été expropriés. J'ai eu envie d'en savoir plus et j'ai fait quelques recherches : de plus en plus de maires, de préfets expulsent depuis quelques années les Roms ; de nouvelles lois viennent leur interdire de s'arrêter, au risque d'être emprisonnés, et rendent ainsi la scolarisation des enfants difficile, voire impossible dans certains cas. J'en ai un peu parlé autour de moi et j'ai entendu des choses comme : « Oui mais on sait bien que ce sont des voleurs. » J'ai pris conscience qu'aujourd'hui, les Roms ne sont pas considérés comme n'importe quels citoyens, en France mais aussi en Europe. Exclus des villes, des campagnes, ils vont ici et là, méprisés, étiquetés. Alors j'ai eu envie d'écrire un roman, une fiction pas tout à fait fortuite.

Julia Billet

1

Les gens du dehors et ceux du dedans

Dehors, c'est barbelé. Dedans, c'est pas pareil. À cause du feu, des mômes qui jouent à la Game Boy et aux Indiens, à cause des allées et venues, du linge qui sèche entre les caravanes, à cause des cris, des sifflements et des éclats de rire.

Dedans, c'est pas pareil, les barbelés sont juste des traits comme des horizons superposés puis étoilés.

Dedans, il y a Yaya, l'ancêtre, assise dans son club en cuir égratigné aux accoudoirs, un peu déchiré en bas. Elle est assise et regarde, crie un peu parfois, appelle l'un, appelle l'autre. D'un coup, elle s'endort, son menton descend jusqu'à sa poitrine.

De dehors ça paraît triste et moche. Des tas d'ordures derrière les barbelés, terrain vague, vague terrain en friche, boue desséchée, relent de camp qui donne un instant un peu de honte à ceux qui passent, entre deux feux.

Dedans, ce n'est pas terrible mais ce n'est pas si triste. Pas plus triste qu'ailleurs. Des hommes, des femmes, des enfants, des animaux (des rats plus souvent que des chiens), des rêves, des espoirs, des désespoirs aussi. La vie, juste la vie.

Le matin, les portes s'ouvrent, claquent, pieds sur les marchepieds, cheveux embroussaillés. Le petit Luis braille « j'ai faim ! ». Bols cognés, enchevêtrement de casseroles, premiers mots. C'est la fin de l'hiver, et tout est plus lent. La peur du froid entrebâille les portes, les referme vite dans la nuit qui n'en finit pas. Pourtant c'est l'heure, l'heure de se lever, de lever les enfants. À cette même heure, l'été, les portes sont déjà ouvertes, le soleil haut, on saute à pieds joints dans le jour.

Il y a toujours le moment, été comme hiver, où la vie s'agite.

– J'arrive, Luis !

– Maman, j'ai faim, viens !

– Louisa, dépêche-toi, tu vas encore être en retard !

– Où est passée ma brosse ? Qui a pris ma brosse ? J'en ai assez, tous les matins, c'est la même chose, Jeanne, c'est toi qui l'as ?

Pour l'instant, dehors, des voitures sont déjà en transhumance. Embouteillages du petit jour, feux rouges, accélérations, coups de frein, vrombissements chauds qui ne s'interrompent pas, pendant des heures. Les voitures passent, s'arrêtent quand c'est leur tour de s'arrêter.

Il y a ceux qui fument et qui regardent au loin, derrière les barbelés, parfois même plus loin encore. Sans rien voir. Peut-être qu'ils rêvent d'un monde meilleur. Peut-être qu'ils ne sont pas encore bien réveillés et qu'ils ne se rendent compte de rien, guidés de feu en feu par leur voiture.

Ce matin, les enfants se préparent pour l'école. Trop tôt, comme d'habitude.

« Hier soir, le deuxième film finissait tard ; ce soir, il faudra vraiment éteindre pour dormir plus vite », pense la mère de Louisa.

La vieille Yaya est assise, une couverture épaisse et bleue sur les genoux, relevée presque jusqu'à son cou. Elle observe, rattrape la petite Marie par le bras.

– Va chercher ton peigne, vite, il faut remettre un peu d'ordre dans cette tignasse !

Yaya a déjà une cigarette à la bouche, une Gitane, oui, la Gitane, c'est encore ce qu'on fait de mieux, même si vraiment ça commence à coûter cher. Pablo a rapporté de son voyage en Italie des centaines de cigarettes. Il en a acheté un stock ; un jour, Yaya devra arrêter la Gitane et fumer ces américaines moins chères. Ou alors elle arrêtera tout. Pourquoi pas ? Elle tire dessus, la laisse s'éteindre, la rallume, finit pas la balancer plus loin, derrière la caravane.

Ça lui réchauffe le bout des doigts, mais ça la fait aussi tousser.

Arturo vient l'embrasser sur le front et part en courant ; Yaya sourit. Ce gamin a beau jouer les durs, c'est un tendre, une vraie caresse du matin.

Yaya se lève toujours avant les autres pour ne rien perdre de ces départs et aussi pour surveiller les enfants qui, de temps en temps, aiment rater l'école. Elle sait bien que c'est important l'école. Elle ne sait ni lire ni écrire, comme la plupart des vieux et même certains de ses enfants. Elle sait que l'écriture donne du pouvoir, et du pouvoir, il faudra bien qu'ils en aient un jour, ses petits. Un jour, il faudra bien qu'ils soient autre chose que des apatrides paumés entre deux routes.

Agitation, cartable oublié, partie de billes qui s'éternise, les cousins, les frères courent, traînent la patte pour arriver un peu en retard, regardent l'heure avec angoisse. Il est temps de longer l'autoroute pour attraper le bus. Il faut sortir du camp, de la famille.

– Maman, j'ai froid, j'ai mal à la tête, ma gorge, j'ai mal ! Maman, je veux un câlin.

Momo est malade, une fièvre de cheval, il faut l'emmener au dispensaire ; il essaie de se rendormir entre deux claquements de porte, les yeux ensommeillés et avec le vague plaisir de rester au chaud même si ça fait mal. C'est sûrement une angine, encore une fois. L'hiver ne lui réussit pas.

Les tout-petits braillent, ils auraient aimé dormir

encore un peu. Le chocolat tarde à venir, leur mère les a laissés pour s'occuper du plus grand. Les tout-petits ont envie de chaleur, de câlins, encore un petit moment.

Les hommes boivent leur café, parlent de leur partie de dés de la veille. Certains sont encore au lit. D'autres sont déjà levés, partis à l'usine depuis plusieurs heures.

La vieille sommeille, une nouvelle Gitane à la bouche. Elle profite du calme, mais le froid lui mord le visage. Elle devra rentrer bientôt.

Le campement se vide peu à peu.

Quand les gosses sont partis, certaines femmes sortent en bande pour se donner du courage. Il faut prendre le bus, aller jusqu'au métro et tendre la main, ou arpenter les wagons du RER, un petit sur le bras, un fichu sur la tête. Espérer un billet, un Ticket-Restaurant, un peu plus que la veille.

– Le porc a baissé, c'est le moment de se faire des rôtis bien dodus, pourvu qu'ils soient un peu généreux aujourd'hui.

– Les petits réclament des Actimel, à cause de la publicité à la télé. C'est la dernière mode, l'Actimel. Mais ça revient cher. Tu as vu ce tout petit pot ? Ils en mangent un et ils en veulent déjà un autre. Mais c'est vrai que cela leur ferait vraiment plaisir. Allez, si ça marche aujourd'hui, j'en achète un paquet de douze.

– Matisse est encore rentré à 10 heures hier soir, je commence à en avoir assez.

– Tu as regardé le film sur la 3 ? C'était tellement drôle !

– Je n'arrive pas à me débarrasser de ce mal de ventre. Va falloir que j'aille voir le toubib.

– Tu l'as entendue, l'histoire de...

Elles papotent, rient, mais jamais devant ceux à qui elles demandent de l'argent. Ils ne comprendraient pas. Pourtant la vie, ça a beau être dur, il faut bien rire quelquefois. C'est la compassion qu'elles doivent faire naître et même la pitié, c'est encore mieux, ça rapporte plus. Mais le plus souvent les voyageurs détournent le regard et ne les voient pas.

Il n'y a pas d'horaire pour tendre la main, mais ça marche mieux le matin et le soir, quand les gens circulent entre maison et travail, travail et maison. En pleine journée, malgré tout, elles trouvent les touristes, les chômeurs, les femmes qui font les courses. À celles-là, elles proposent de lire dans leur main. Les femmes du camp sont peut-être presque toutes analphabètes, comme disent ceux du dehors, mais elles savent lire le passé et l'avenir dans les lignes de la main. Il leur suffit de regarder les yeux des femmes gadjé[1] pour entendre ce qu'elles attendent. Le plus souvent : l'amour. Tellement souvent que c'est à

1. Désigne, pour les Gitans, ceux qui n'appartiennent pas à leur communauté.

croire que les femmes des maisons souffrent du même mal que tous. Les belles histoires, elles sont belles pour toutes. Amour, argent, bonheur, rencontre. Le plus difficile, c'est de saisir leur main ; après, les femmes attrapées attendent et espèrent. La prédiction terminée, elles donnent deux euros, parfois quatre. Ça dépend de ce qu'on leur a dit.

Parfois les femmes du camp lisent des choses graves dans les lignes de vie. Alors elles se taisent et froncent les sourcils. Elles éprouvent la compassion de celles qui savent. Elles n'aiment pas jouer les oiseaux de mauvais augure, ça fait mal et ça ne paie pas.

Elles ne se lisent jamais les lignes de la main entre elles, car peut-on vraiment changer le destin ?

2

Six ans déjà

Ce matin, le camp s'est animé puis s'est rendormi jusqu'à midi. Quelques femmes se lèvent et s'étirent après le départ des petits, des hommes se couchent après une nuit sans sommeil.

Six ans qu'ils sont installés là. Six ans qu'ils n'ont pas bougé. Ils ont pris des habitudes, même si ceux qui les voient passer dans la rue ne semblent jamais s'habituer à eux.

Six ans qu'ils ont fait leur nid entre deux bretelles d'accès à l'autoroute. Ils n'ont pas de voisin, et c'est plutôt bien : le voisinage n'est jamais simple. Au moins, ils ne connaissent pas les disputes du quotidien, ils évitent les insultes, les vieilles histoires de voleurs de poules.

Ils habitent une île entre deux routes. C'est bruyant, ça circule jour et nuit, semaine et week-end, mais il y a des prises électriques, le groupe électrogène, l'eau au robinet. Les arbres ne poussent pas, le terrain se gorge d'eau à cause de la Seine qui n'est pas très loin. Il n'y a pas de ramassage des ordures, alors ils brûlent les tas de déchets une fois par semaine l'hiver, au moins deux fois l'été. Ces jours-là, la fumée s'élève noire dans le ciel.

Au début, les pompiers venaient, avec leurs casques rutilants, leurs cuirs noirs épais, presque doux. Des gars costauds, propres, polis, prêts à expliquer pourquoi le feu est un danger, pourquoi il ne faut pas brûler les immondices. Ils ne viennent plus depuis longtemps déjà. Ils savent que la mairie ne ramasse pas les ordures et qu'il faut bien que les habitants du camp se débrouillent.

Quelques femmes font des paniers en osier qu'elles vendent sur les marchés de la région ou en faisant du porte-à-porte. Trois hommes rempaillent les chaises. Ils sont tous les jours au bord des trottoirs de la ville, avec leur chaise et un panneau : « Rempaillage comme autrefois, pas cher, vite fait et bien fait ».

En attendant les clients, ils parlent ou se frottent les mains pour les réchauffer.

Et puis il y a ceux qui travaillent à l'usine de recyclage. Des femmes, des hommes, des adultes et des jeunes. Là-bas, on fait les trois-huit. Ça change toutes les trois semaines. Commencer à 5 heures du matin, trois semaines après à 13 heures et trois semaines après à 21 heures. Il faut à chaque fois retrouver le rythme des jours et des nuits. C'est dur. Sans parler du fait qu'il faut porter, se baisser, compter, lier des tas de tissus ou de papiers. Mais ça donne un salaire tous les mois et, même si ce n'est pas Byzance, cela permet malgré tout de vivre mieux qu'en faisant la manche ou avec le RMI.

Six ans qu'ils habitent là. Les plus petits n'ont jamais connu d'autre lieu. Les plus grands commencent à oublier. Des vieux ont disparu doucement, sont partis à l'hôpital pour mourir. Dans leurs chambres fermées, peut-être ont-ils eu la nostalgie du temps d'avant, du temps du voyage ? Mais ce n'est même pas sûr. Les autres semblent s'adapter à cette vie attachée à un lieu, loin des premiers immeubles, des premières maisons, loin du centre-ville et de ses boutiques, mais pas trop loin du RER et de la gare.

Six ans que Yaya, l'ancienne qui fait attention à tous et a l'œil à tout, a installé son fauteuil devant sa caravane, au centre du camp. Yaya n'oublie jamais rien. C'est la mémoire de chacun.

Sa mémoire à elle, elle aimerait parfois s'en débarrasser, trop de cauchemars encore, malgré les années. Mais rien à faire pour oublier les chiffres gravés à l'encre indélébile sur son poignet. Elle voudrait les effacer mais c'est impossible, ils sont enfoncés au-dedans d'elle et apparaissent sur sa peau fripée.

Elle se souvient du temps de sa petite enfance. Il a vite été arraché par celui de l'adolescence. Elle a alors vu mourir tant des siens à ce moment-là. Son père, sa mère, ses frères. Elle ne sait toujours pas comment elle en a réchappé. C'était un autre camp, dans le froid, la haine. Dachau. Ils ont été cinq cent mille Gitans en Europe à mourir là, et aussi à Auschwitz, Birkenau, Buchenwald. Elle en est revenue et a repris la route, de travers, pendant des années. Elle s'est tue, longtemps. Elle n'a pas pu chanter la souffrance, elle n'a rien dit. Elle n'a pas pu veiller ses morts comme il se doit, elle n'a pas pu geindre et pleurer, les bras au ciel. Elle n'a pas pu laisser s'échapper les esprits en paix. Entourée de fantômes, plusieurs mois elle s'est murée dans un silence que rien ni personne n'a pu briser. Elle avait perdu sa voix qui avant connaissait toutes les chansons, d'ici et d'ailleurs. Puis un filet de son est revenu, d'abord fluet pour reprendre au fil des ans le flot de la rivière, jusqu'à trouver une nouvelle texture, voix de fumeuse, grave et éraillée. Elle n'a plus jamais évoqué ces années-là.

Yaya a retrouvé le goût de parler, et surtout celui de vivre auprès d'un homme qui l'a prise dans ses bras sans lui en demander davantage au début. Ils ont appris à s'aimer doucement. Ils ont eu des enfants et des enfants. Elle a mis au monde douze petits qui lui ont redonné l'envie de chanter.

Yaya maintenant veille sur son petit peuple et, ce jour-là comme chaque jour, elle remercie la vie de lui laisser ceux qu'elle aime, de leur donner la santé.

Depuis six ans, elle a pris place au milieu de tous, dans ce lieu pas très beau qu'elle a fini par aimer.

Celui qu'elle chérit plus que personne, c'est son petit-fils Jaime. Le plus doux, le plus gentil, le plus tendre avec elle. Le plus savant aussi. Il a seize ans, il aime s'asseoir près d'elle avec ses livres, en silence. Parfois, il lui lit des histoires. Elle écoute comme elle écouterait les mots de Dieu dans son oreille. Les mots des livres sont pour elle venus de terres inconnues, de mondes étranges. Ces chemins-là, elle ne les a jamais parcourus.

Yaya ne sait pas lire et les signes des gadjé lui font peur, sauf quand c'est Jaime qui les déchiffre. Là, ils deviennent les siens parce que son petit-fils les lui offre.

Jaime est le seul parmi les jeunes à être au lycée. Il passera son bac. L'examen le plus important chez les gadjé. Et il le réussira, pense sa grand-mère, parce que Jaime réussit tout ce qu'il entreprend. Jaime cherche dans les livres des réponses aux questions qu'il n'ose pas poser. Puis il ferme ses bouquins et il raconte une blague à Yaya qui rigole à tous les coups. De temps en temps, il se lève et lui montre le dernier pas de rap ou de hip-hop qu'il a inventé. Ses cousins et cousines du même âge sont le plus souvent dans la rue, à jouer de la musique, à s'amuser comme ils le peuvent. Jaime, lui, lit près de Yaya, fait ses devoirs, joue avec les petits dans le camp.

Ce soir, il est rentré du lycée avec une lettre dans la main. Le facteur l'avait déposée dans la boîte, au bord du campement. Une boîte à lettres bricolée, la tôle froissée et la porte battant à tous les vents. Il n'y a pas beaucoup de courrier mais ça arrive malgré tout de temps en temps.

Cette fois, le tampon en haut à droite indique que la lettre vient de la mairie.

3

Autour du feu

Ce soir, Yaya a demandé à tous de se rassembler. Le feu a été allumé sur la place du campement. Un grand feu de bois d'un soir pas ordinaire. Les enfants ne seront pas là, couchés ou devant la télé, les plus petits dans les bras des plus grands. Jaime lira la lettre et expliquera les mots des gadjé, autour du feu.

Des feux de camp, il y en a quand viennent les beaux jours et qu'on est pris de l'envie de chanter, de danser.

Quand l'une part vers un autre campement, pour se marier, ou quand l'un revient de loin.

Quand un enfant naît, quand le vent souffle doucement, quand l'envie de rêver est trop grande.

Quand Yaya ou une autre vieille raconte les histoires de Sara la Noire ou de l'Inde lointaine.

Alors ça sent le feu de bois, pas cette odeur de pneu brûlé qui vient parfois du tas d'ordures, non, cette odeur du bois qui flambe, un parfum qui se glisse dans les vêtements, donne chaud, brûle toutes les odeurs d'ailleurs.

Ce soir, Yaya veut que chacun entende les mots des gadjé de la mairie. Peut-être qu'il faudra répondre ensemble ou se taire. Elle n'en sait rien.

Ils et elles sont là, parlent fort, attendent Yaya qui est allée dormir un peu avant de retrouver les siens. Son fauteuil club l'attend dans le cercle, au bord de la flambée.

Quand elle arrive enfin, Jaime s'installe près d'elle, à ses pieds. Elle tient entre ses mains un petit sac en toile de jute qui ne la quitte jamais. Personne ne l'a jamais vue l'ouvrir. C'est peut-être un gri-gri, un objet qui protège, mais nul ne pourrait l'affirmer.

Le flot du brouhaha s'estompe pour laisser la place au silence, puis aux mots de Yaya. L'ancêtre prend la parole et raconte la lettre arrivée cet après-midi :

– Jaime l'a lue pour moi et, depuis, je ne sais plus quoi penser. Il me l'a relue trois fois et, depuis, je suis remuée ; mais peut-être est-ce une erreur, peut-être que je ne comprends pas bien ? Je n'aime pas ça. Écoutez-le et dites-moi ce que vous en pensez, dites-moi ce que tout cela vous inspire.

Jaime se lève et lit à haute voix la lettre de la mairie :

« Madame, Monsieur,

Nous avons le regret de vous faire savoir que le terrain que vous occupez actuellement a été vendu à la société Camus par la municipalité. Vous occupiez jusqu'alors cette aire de stationnement de façon illégale, nous nous sommes cependant montrés tolérants pendant plusieurs années. Mais la vente à une société privée remet en question votre présence sur cet espace qui a désormais pour vocation de devenir une zone industrielle. Nous avons négocié avec la société Camus un délai de trois mois afin que vous puissiez préparer votre départ et vous organiser. Mais, passé ce délai de trois mois, vous devrez avoir quitté ces lieux, sous peine d'être expulsés par les forces de l'ordre.

Le conseil municipal, conscient des dommages que cela entraîne pour votre communauté, a voté l'accession à des appartements HLM aux membres de votre campement qui ont des enfants scolarisés dans notre commune.

Nous tenons ainsi à vous faire connaître notre bonne volonté et notre souhait de vous voir intégrés au mieux à notre ville.

Les familles intéressées par un appartement sont priées de se présenter, munies de tous les papiers nécessaires, au bureau 21 de la mairie, auprès de M. Descure qui a en charge votre dossier et fera diligence pour régler cette affaire au plus vite.

Nous vous prions d'agréer, Madame, Monsieur, l'expression de nos sentiments les meilleurs.

M. L. Bigoni
Maire adjoint à la ville »

Jaime a lu en ayant soin de parler assez fort pour que tous l'entendent. Il a pris le ton solennel des gadjé qui font des discours à la télévision.

Yaya lui demande d'expliquer à tous, avec ses mots, ce que cette lettre veut dire.

Jaime reprend la parole :

– D'ici à trois mois, si nous n'avons pas levé le camp, la police viendra nous mettre dehors. Ceux qui ont des petits pourront obtenir un appartement dans un immeuble de la ville. Pour ça, il faudra aller à la mairie demander. Pour les autres, il faudra partir.

Cette fois, tout le monde parle en même temps. Yaya les laisse un moment comprendre ensemble et se mettre en colère ensemble. Elle attend en caressant les cheveux de Jaime qui lui aussi attend, assis aux pieds de sa grand-mère.

Quand elle pense qu'ils ont assez déversé leur colère, elle demande le silence et s'adresse à Solémo, le plus vieil homme du campement, le plus sage aussi.

Solémo lève la main. Les cris deviennent chuchotements, les chuchotements se fondent et se taisent peu à peu.

Tous tendent l'oreille pour entendre ce que le vieillard veut dire de cette lettre.

Il se met alors à raconter une histoire qui semble loin de leur présent et de cette lettre tellement inquiétante. Mais tous savent que Solémo a la tête bien plantée sur les épaules et que chacun de ses mots veut dire quelque chose. Alors ils l'écoutent, se serrant un peu plus les uns contre les autres.

« Les Roms ont été choisis, il y a bien longtemps, pour parcourir la Terre à la recherche de la vie au détour des sentiers. Nous sommes partis de l'Inde lointaine et avons traversé les chemins et les mers. Nous avons parcouru le monde et nous l'avons appris en foulant la terre, en marchant sur les routes, à pied, à cheval et en voiture, la tête dans le ciel, un pied dans chaque pays, sans patrie, sans autre appartenance que celle de nos corps aux éléments.

Nous avons appris la sagesse puis entendu les chants, les haines et les amours des gadjé de la Terre. Nous les avons observés, nous en avons pris de la graine, l'avons fait pousser aux quatre vents. Nous avons fait notre route. Nous avons apprivoisé en des milliers d'années chacune des couleurs de l'arc-en-ciel. À dormir à la belle étoile, nous avons suivi tous les chemins du ciel, nous avons adoré le Soleil et calculé la lumière avec nos yeux, notre cœur, nos peaux brunies par le sel et les embruns, par la Lune et les ciels.

Nous avons trouvé dans les pierres, sous nos pieds, sous la terre, le prisme, ce cristal transparent aux formes aiguës, ce cristal qui dévie la lumière et donne à la réalité tout son sens. Ce cristal qui donne forme au présent, irradie l'avenir. Le prisme qui nous prête les mots sur les obscurités trop lourdes. Les gadjé peuvent l'analyser avec leurs machines, dans leurs laboratoires, ils ne savent rien de cette pierre magique. Ils en connaissent l'apparence, pas sa puissance ni sa force. Ils ne savent pas regarder le monde à travers ses facettes, en tournant doucement la pierre dans le creux de leur main, au rythme de la terre et des saisons. Ils ne savent rien de la lumière concentrée en son cœur. Moi je sais tout parce que mon grand-père me l'a dit. Il m'a enseigné la science de la pierre sacrée, comme, moi, je la transmettrai à l'un d'entre vous. Je sais, et quelques-uns d'entre vous la connaissent déjà. Nous gardons ce secret-là.

Eux pensent que le trésor est dans leur banque ou dans des coffres. Foutaise ! Leur or et leur argent ont perdu la matière minérale pour devenir papier et métal. Le feu brûle et fait fondre leurs biens les plus précieux. Leur argent, leurs maisons, leurs terres, leurs papiers.

Ils croient posséder et ils n'ont rien. Ils détruisent la Terre, oublient leurs enfants, oublient qu'un jour tout sera pourri par les fumées, les engrais, les gaz, les voitures, leurs centrales nucléaires, leurs déchets qu'ils cachent. Ils brisent, cassent, brûlent, sans savoir qu'ils scient la branche sur laquelle nous sommes tous assis.

Nous n'avons rien, rien d'autre que notre foi, notre savoir, nos corps et nos esprits. Nos vies ensemble sont liées à jamais, depuis toujours. La Terre a donné à chacun de nos pas des pans de la sagesse qui manque aux gadjé. Ils ne bougent pas, restent attachés à des bouts de Terre, jusqu'à croire que la propriété est un acte. Ils sont fous de leurs biens.

Nous avons collecté ces morceaux de l'humanité et nous devons les transporter toujours plus loin pour continuer à faire tourner la Terre. Ils ne savent pas que la Terre tourne parce que la marche de notre peuple la fait tourner. Nous, Gitans, Roms, Tsiganes, nous et aussi les nomades des déserts, les nomades de toute race, de toute la Terre, nous donnons son mouvement circulaire au globe, par la force de nos pas.

Nos pas font rouler la Terre sur elle-même, nos pas font marcher leur monde à eux aussi.

Et ça non plus, ils ne le savent pas. Ils nous pensent inutiles, voleurs et fragiles ; nous sommes forts et nécessaires à leur survie.

Peut-être nous sommes-nous arrêtés depuis trop longtemps maintenant ? Peut-être est-ce pour cela que la Terre ne tourne plus rond ?

Mes jambes sont vieilles, elles ont besoin de

retrouver le sens des chemins, elles ont besoin de se souvenir de la Terre qui avance sous mes talons.

Vos jambes sont jeunes, elles ont oublié le mouvement des lunes, le balancement des rivières. Vous devez leur rendre le sang qui leur est dû, l'espoir qui leur revient, le mouvement.

Jadis, nous harnachions nos chevaux, nettoyions nos roulottes. Aujourd'hui, faisons la vidange et lustrons nos carrosseries. Il est l'heure maintenant.

Ceux de la mairie nous écrivent que la terre ne nous appartient pas, alors que nous le savons depuis toujours. La Terre n'appartient à personne. Pas plus à eux qu'à nous. Mais ils peuvent bien croire qu'on peut posséder les éléments, les animaux, les hommes. Ils peuvent bien y croire. Ils peuvent bien se perdre. Nous, nous devons retrouver la cadence de la route et remettre la Terre en transe. Que le Soleil se lève à l'est, sans hésitation ! Que les saisons retrouvent leur place dans chaque pays !

Ils nous écrivent des mots qui n'ont pas de sens. Sauf peut-être celui de nous rappeler que nous sommes des hommes et des femmes de vent qui n'avons pas d'attache à un bout de terre, à une ville, à un pays. Ils nous disent " gens du voyage ". Alors partons à nouveau, la Terre a besoin de nous pour continuer sa course. Et nous avons besoin d'elle pour sentir la danse sous nos pieds. Partons vers l'origine, reprenons la route. Retrouvons le sens des choses et de l'absolu.

J'ai regardé dans la pierre de cristal, elle nous dit de partir. Je l'ai tournée dans mes mains, et chacune de ses facettes m'a dit la même chose : “ Partez ! ”

C'est ce que moi, Solémo, j'ai à vous dire ce soir.

Et bonsoir la compagnie, mon vieux corps a envie de chaleur, je rentre dans ma caravane. Bonne nuit, frères, sœurs et enfants. Que les rêves vous soient doux. Que mes paroles courent dans vos esprits et coulent dans vos nuits. »

Solémo a soulevé des « oh ! » et des « ah ! » dans l'assemblée.

Partir ! Partir alors qu'enfin certains ont pu trouver un travail qui fait rentrer un peu d'argent, de quoi acheter des télés, une voiture neuve et, surtout, de quoi manger pour chaque jour !

Partir alors que les enfants, enfin, apprennent à lire et à écrire ? Partir alors que l'un d'eux pourra passer ce fameux bac qui ouvre tant de portes sur le monde ? Partir alors que les enfants sont nés ici ? Partir et se souvenir qu'ils sont des Gitans. Des hommes et des femmes qui marchent.

Partir alors que la mairie donnera des appartements.

Mais, c'est vrai, un appartement, ça veut dire la séparation. Ça veut dire une vie de gadjé, sans les vieux, sans les enfants de tous dans les jambes de tous. Une vie en morceaux. Une vie de gadjé.

Les conversations reprennent :

– Je ne partirai pas, ils ne peuvent pas nous faire ça !

– Juanito commence à compter, à lire et nous partirions maintenant ?

– Qu'est-ce qu'ils croient ? Qu'on va se laisser faire ?

– Quand nous ficheront-ils la paix, mon Dieu ?

– Laisse courir, laisse partir. Un bout de papier, c'est jamais rien qu'un bout de papier.

– Ah ! ils aiment ça les papiers, ils aiment tellement ça que...

Puis, sans que personne en soit surpris, sans que personne les ai vus se lever, Alfonso et Léandro ont sorti leur accordéon et les mélopées de la route reviennent. Sonorités espagnoles mêlées à des airs d'Europe de l'Est, à des rythmes de l'Orient lointain. Un chant s'accroche aux notes :

« *Magam sorsa felol*
Szomoru hirt hallok [1] ... »

Les accordéons se plaignent, virevoltent, chantent et balancent, accélèrent les bruits, rendent opaques les voix. Chaloupée des corps qui prennent le rythme de cette musique profonde. Un homme se lève, Léandro chavire, son accordéon dans les bras,

1. « J'apprends une nouvelle / Concernant mon destin... »

les deux hommes jouent des hanches, des épaules. La musique enfle, trouve la tonalité, la sonorité, la voix pour dire les mots que les hommes ont oubliés.

Cela faisait longtemps qu'ils ne s'étaient pas réveillés en plein hiver, dans la nuit. Les hommes ont pris leurs instruments pour chercher le son juste, celui qu'ils ne parvenaient pas à trouver dans les mots.

Une femme se lève, puis une autre. Elles dansent, envoient leurs bras vers les étoiles, les yeux fixés à la lune, leurs visages éclairés par le ciel et les dernières flammes. Elles font plus que danser, elles implorent, tournent autour des musiciens qui balancent leur tête, dodelinant aux notes égrainées.

Jaime n'a rien dit. Il a écouté le vieux Solémo puis les bruits de voix, puis la musique et les prières des femmes. La vieille Yaya s'est endormie. C'est incroyable comme le sommeil peut venir la chercher doucement sans se soucier du froid ni de la peur. Il vient la prendre à n'importe quelle heure du jour et de la nuit et l'emporte si loin qu'elle est vraiment ailleurs, loin du quotidien, des siens, du présent. Jaime la prend dans ses bras pour la porter dans sa caravane. Elle ne doit pas attraper froid. Elle dort pour de bon. Elle est tellement légère que Jaime croit tenir une enfant contre lui. Pourtant, c'est la plus vieille de toutes les femmes, celle qui sait le mieux la vie, et aussi la mort. Jaime est touché par cette grand-mère tellement proche et à la fois parfois si lointaine, emplie d'un passé lourd et secret.

Lui aussi doit aller se coucher. Demain, il a cours. Demain, la lettre aura un jour de plus. Demain, le compte à rebours sera déjà en marche.

Demain sera un autre jour.

4

Partir ?

Quinze jours maintenant que la lettre est arrivée. La première semaine, le camp a connu une grande agitation, et tout doucement le silence est revenu. Les bruits du quotidien ont repris leur place. Yaya ne dit plus mot du courrier. Solémo fait la sieste comme chaque jour et chantonne dans son coin sans rien changer à ses habitudes.

L'hiver semble s'adoucir, laisse déjà imaginer le printemps.

Jaime a l'impression qu'un brouillard invisible s'est posé sur le campement et étouffe les conversations qui pourraient naître. Ce brouillard, le cinquième élément après l'air, le feu, l'eau et la terre, empêche depuis toujours les Gitans de se diriger sur les chemins. Le brouillard de l'égarement, du silence. Le brouillard opaque et blanc qui brouille les yeux et les empêche de voir au-delà des formes.

Il y pense sans arrêt à cette fameuse lettre. Il ne sait pas quoi faire, il ne sait pas non plus quoi imaginer.

Bien sûr, cette lettre est menaçante, mais il sait bien aussi qu'on n'expulse pas comme cela des femmes, des enfants en bas âge, des bébés, des vieux. La mairie veut leur faire peur, mais comment croire que la police pourrait les jeter dehors ? Il ne peut pas croire qu'il faudra partir, et si vite. Il a son bac de français à la fin de l'année. Il aime les livres, les écrivains, l'écriture. Avec l'histoire, ce sont ses matières préférées. Partir, justement maintenant qu'il est si près de l'examen. Partir pour aller où ?

Il se souvient pourtant. Jaime a connu le voyage quand il était enfant. Il se rappelle plusieurs campements. Il a vécu dans le sud de la France – Marseille, Valence, Nyons – puis dans la banlieue parisienne. Il se rappelle le cortège des caravanes sur les routes. Longue guirlande aux couleurs vives. Les klaxons des gadjé impatients. Les sièges de cuir blanc de la BMW de son père. La statuette de Sara la Noire accrochée au rétroviseur intérieur. Elle se balançait, elle tournait, dansait et, juste à la regarder bouger, la foi se réveillait et on avait envie de prier, de chanter. Du temps où son père conduisait la voiture... Maintenant, son père boit tellement qu'il ne trouverait plus le chemin de la clé pour démarrer. Il dort toute la journée, entre deux rots, deux bouteilles et deux injures.

En ce temps d'enfance, c'était toujours une fête de partir, d'arriver quelque part, de se poser dans un nouveau champ ou sur un terrain vague. À chaque fois, sur les routes, la police les arrêtait, demandait à voir les papiers des voitures et aussi les certificats de circulation. Mais ce n'était pas grave, tout était en règle. Sara la Noire les protégeait de tous les gadjé, des accidents et de la tristesse.

Ses petits frères à l'arrière, sa mère qui riait, criait, ouvrait les fenêtres en chantant à tue-tête. Le foulard de sa sœur qui volait au-dehors, drapeau aux couleurs d'arc-en-ciel flottant au-dessus de la voiture, noué à l'antenne sur le toit. Et lui, comme un homme, le coude sur le rebord de la vitre, tout près de son père, le soleil cognant sur sa joue.

Jaime se souvient de ces moments et il sourit. Pourtant, c'est clair, il n'a plus envie de reprendre le voyage. Rien n'est plus pareil avec son père en morceaux, sa mère qui ne sait plus rire, un enfant dans son ventre, Yaya qui est devenue de plus en plus légère, à peine plus lourde qu'un oiseau, et tous, avec leur travail, l'usine, les caravanes qui se sont rouillées, alourdies. Et lui qui s'est fait des amis parmi les gadjé. Il aime aller en cours, il sait que cela a un sens pour lui et pour eux tous, pour tous ceux de la tribu.

Partir pour où ? Partir comment ?

L'appartement HLM, il n'en veut pas. Là, il est sûr de lui. Pas question de laisser le campement se défaire en appartements. Ils ne sont pas faits pour cette vie-là. La tribu doit se tenir. La tribu est une coquille qui protège l'œuf qu'elle a en son centre. Sans coquille, l'œuf s'étale, se dilue, se perd dans l'immensité et ne peut plus jamais donner naissance à rien ni à personne.

Jaime sait qu'il ne vivra jamais dans un appartement, ce serait la mort. Il n'a pas envie d'une chambre, coupé de ses cousins, de ses oncles de ses tantes, de sa famille. Cette vie-là n'est pas pour lui. Il est un Gitan. Le bras de Yaya tient gravés au plus profond de sa chair les chiffres du voyage. Il ne peut pas l'oublier, même si Yaya n'en dit jamais rien. Accepter de vivre en gadjo, ce serait trahir ce bras, trahir ceux qu'il n'a pas connus, trahir sa Yaya, sa grande mère.

Alors Jaime pense à cette lettre, mais se tait, comme les autres. Il se rassure en se disant que jamais on ne pourra les forcer à partir.

Les jours passent. Le printemps est de plus en plus proche. Les brins d'herbe surgissent sous la boue, les jours sont déjà un peu plus lents.

Yaya s'installe plus longuement à l'extérieur, elle prend le soleil plus tôt, se couche plus tard, et c'est dehors qu'elle pique ses roupillons inopinés.

Un matin pourtant, presque deux mois après l'arrivée de la lettre, Yaya voit entrer des hommes. Ils passent les barbelés en se courbant, râlant d'avoir accroché leur veste, leur pantalon. Trois hommes en costume, deux autres en bleu de travail pénètrent dans le camp en se pliant en deux, accompagnés de deux policiers qui restent en retrait.

Les hommes en civil viennent prendre des mesures,

faire du repérage. Ils saluent ceux qui restent dans le camp, se présentent de loin, en agitant une main :

– Ne vous dérangez pas, ne vous inquiétez pas, nous sommes de la société Camus, excusez-nous, ça ne durera pas longtemps.

Ils parlent en levant les bras, prennent des photos, enjambent la boue, les lessiveuses, les enfants assis par terre. Les policiers restent derrière. Ils se taisent, observent ; ils n'ont pas l'air d'écouter les mots de ceux qu'ils accompagnent mais plutôt les silences du camp. Ils sont là au cas où.

Les trois hommes passent bien une heure à calculer, discuter avec âpreté, comptabiliser sur des feuilles volantes et des carnets, se baisser, se relever, se mettre sur la pointe des pieds, photographier, se disputer, puis se taper sur l'épaule.

Yaya les regarde marcher dans le camp, absents à cette vie du dedans, aux jeux des enfants, aux remarques des femmes, aux mots enfouis des hommes. Ils font comme si personne d'autre qu'eux n'était là, comme s'ils ne voyaient ni les caravanes, ni les tas d'ordures à brûler, ni les visages tournés vers eux, ni le bras de Juan qui a pris son couteau et marmonne des mots incompréhensibles. Il grogne sa colère.

Les deux policiers ne se sont pas approchés, mais Yaya a senti leur regard. Sur elle. Sur chacun d'eux. Sur Juan. Elle est sûre qu'ils ont vu sa violence retenue.

Puis, comme ils sont arrivés, les hommes s'en

vont. Le souvenir de la lettre revient à la surface. Juan prend son visage dans ses mains, il serre fort son crâne entre ses doigts.

Yaya n'aime pas les policiers. Ils lui font peur. Elle ne supporte plus les uniformes depuis des années déjà. Ils réveillent chez elle les rêves de la nuit. Ses mains tremblent.

Un jour, il y a longtemps, des hommes en uniforme l'ont emportée avec les siens, ils l'ont mise dans un train. Elle n'a jamais revu ceux qu'elle aimait. Les hommes en uniforme n'ont pas peur des femmes et des enfants. Elle s'en souvient bien.

La lettre, le regard des policiers, le passé se mélangent. Tout s'embrouille. Ses yeux. Les souvenirs. L'avenir. Elle s'endort en plein milieu du jour. À son réveil, tout lui est revenu. Sans oublier sa peur à son retour du camp de concentration : la peur que personne ne puisse jamais croire tout ce qu'elle pourrait raconter sur sa vie là-bas, sur l'horreur de la déportation, sur les humiliations, la vie et la mort.

Elle en a eu si peur qu'elle n'a pu parler pendant des mois. Elle a enfoncé dans le fond de sa gorge, et le plus loin possible, cette traversée-là. Par peur qu'on ne puisse la croire. Cette peur lui est revenue. Comme si tout pouvait recommencer.

Ce soir encore, Yaya veut voir les siens réunis. Elle doit leur raconter les hommes qui sont venus mais aussi les deux policiers. Elle ne pourra rien dire de ce qu'elle sait profondément, de ce qu'elle sent revenir. Mais elle veut essayer au moins, juste parler encore de cette lettre.

– Cela fait déjà plus de deux mois maintenant que le courrier nous est arrivé. On ne peut plus faire comme si tout cela n'avait jamais existé. Nous devons prendre une décision. Les policiers nous ont observés, je les ai vus. Ils étaient là et ils reviendront. Je le sais. Solémo a bien donné son avis, mais vous ? Partir nous demande de nous préparer, il faut savoir quel chemin nous prendrons. Partir, c'est sûrement la seule solution. Partir et même fuir. Solémo nous a bien prévenus dès le début, le prisme lui a révélé la vérité. Mettez-vous la lumière du prisme en question ? Qui ici l'oserait ?

Tous ont quelque chose à dire, une question à poser :

– Mais les enfants ?

– Et l'école ?

– Et notre travail à l'usine ?

– Et nos caravanes fixées au sol ?

– Et où partir ?

– Et nos habitudes maintenant ?

– Et avec quel argent ?

Yaya ne sait pas quoi penser, elle sait juste que le danger est là. Elle a l'expérience de la haine. De la peur aussi.

Le feu, le fauteuil club, son sac en toile de jute qu'elle a toujours entre les bras ou sous la tête comme un oreiller, Jaime aux pieds de sa grand-mère ; la soirée n'est plus la même pourtant.

Alexandre dit que, lui, il ira à la mairie :

– Obtenir un appartement n'est pas si simple et c'est sûrement le moment où jamais de profiter de l'occasion. Six ans qu'on n'a pas bougé, qui peut encore parler de voyage aujourd'hui ? Moi, je n'en ai plus envie. Habiter un appartement avec douche, toilettes, chambre, après toutes ces années de caravane, de robinet au-dehors, d'eau toujours froide, de prises électriques aléatoires et de bloc électrogène qui bourdonne pendant des heures, pire que des mouches bleues qui cherchent la viande en été. Et les rats. Et le linge qui ne sèche pas. Et la boue qui se glisse partout. Et la petitesse des caravanes. Et ces voitures qui tournent autour du camp à longueur de jour et de nuit. Et ces odeurs d'ordures, de gaz d'échappement, de merde. Et cette réputation de voleur, toujours. Sans parler des petits qui sont malades tout l'hiver, de la lecture et de l'écriture que les enfants apprennent, de cette tranquillité possible. Sans parler d'une vie enfin un peu comme les autres.

Sa femme Aicha est d'accord avec lui :

– Demain, on ira à la mairie. Pour ne plus être au bord de l'autoroute, au bord de la ville, au bord de tout.

Jaime est en colère. Il n'en dit rien, mais il bout

au-dedans. Son père dort et ronfle la tête sur les genoux de sa femme. Au moins, eux n'iront pas demander un appartement HLM. Ils n'en auront pas la force. Ils suivront leur vieille Yaya, ils ne décideront de rien.

D'autres voix s'élèvent, des rêves d'appartement encore, et la lassitude de la vie dans ce camp, là. La nuit avance et les colères s'émoussent, laissant place à l'abnégation.

Mais pas Juan. Juan est prêt à se battre. Si la police entre dans le camp, il sait comment les mettre dehors, il saura défendre les siens.

– Je les crèverai, dit-il.

Il montre la lame de son couteau, en caresse le fil avec la main droite, fait le signe du coupe-gorge, en silence. Juan et son couteau, ses deux ans de prison déjà, et toujours cette colère, cette violence qui ne le quitte pas. Juan et le mot « liberté » qu'il siffle dans des chansons, la nuit. Pour la liberté, il a déjà blessé, il a déjà cassé. Il a aussi été enfermé, au mitard le plus souvent.

– Même les prisons sont trop pleines de gadjé ! se plaint-il parfois.

Juan porte assez de haine en lui pour tuer. Mais il sait aussi fondre d'amour dans une danse, sur un morceau d'accordéon, quand il prend la main d'un des siens.

Yaya l'attire vers elle pour mettre la main dans ses cheveux. Elle voudrait lui apporter la paix.

La nuit monte dans le silence des uns et des autres ; ils vont se coucher peu à peu, sans prendre de décision. Yaya hausse les épaules, se lève aussi pour aller dormir. Demain, certains iront à la mairie. Elle n'aurait pas pensé que cela soit possible. Comment imaginer qu'ils puissent se séparer ?

Jaime se couche, lui aussi, et se met à rêver d'Ana, une gadji du lycée qui le regarde drôlement depuis quelques semaines. Ana, qui écrit des poèmes, comme lui. Ana aux yeux clairs, aux cheveux sombres. Ana, Sara la Noire, Yaya, tout se mêle dans le rêve. La nuit passe, pleine de signes, remplie d'elles.

5

Les appartements de papier

La chaleur est revenue brusquement, les bourgeons des arbustes éclatent, la boue sèche. En rentrant du lycée, Jaime est venu s'asseoir près de Yaya pour faire ses devoirs. Il lit en silence, avec son stylo, fait des marques sur les pages, écrit des mots, souligne, entoure. Le soleil est encore haut, la vie change d'un coup de ses caresses inattendues.

Yaya regarde avec admiration son petit-fils lire et puis écrire. Elle sait qu'il est tout entier là, dans ces pages, quelque part où elle ne peut pas aller, alors qu'elle est pourtant si proche. Dans un chuchotement, elle lui demande si, quand il aura fini, il pourra lui lire un peu de son livre. Jaime lève la tête et gravement lui répond :

– Oui, je veux bien. Mais, tu sais, peut-être que tu n'aimeras pas, peut-être que ce n'est pas une bonne chose, ce livre est tellement...

– Alors lis-le moi, je veux l'entendre celui-là justement. Pourquoi tu hésites comme cela ? C'est qu'il est important, j'en suis sûre. Lis-moi, je t'en prie, lis à ta vieille Yaya.

Jaime a un peu peur. Mais comment refuser quelque chose à sa grand-mère ? Sans rien dire du contenu de son livre, il commence sa lecture.

« C'est justement, disait-il, parce que le Lager[1] est une monstrueuse machine à fabriquer des bêtes, que nous ne devons pas devenir des bêtes ; puisque même ici, il est possible de survivre, nous devons vouloir survivre, pour raconter, pour témoigner ; et pour vivre, il est important de sauver au moins l'ossature, la charpente, la forme de la civilisation. Nous sommes des esclaves, certes, privés de tout droit, en butte à toutes les humiliations, voués à une mort presque certaine, mais il nous reste encore une ressource et nous devons la défendre avec acharnement parce que c'est la dernière : refuser notre consentement[2]. »

Jaime pose son livre, regarde le visage de Yaya. Les yeux d'Ana se superposent à ce visage qu'il aime tant. Il en est troublé. Il explique à sa grand-mère que ce texte vient d'un livre de Primo Levi, *Si c'est un homme*. Primo Levi l'a écrit après être revenu d'un camp de concentration. Il était juif, il est revenu vivant d'un camp nazi. Il en a témoigné tout le reste de sa vie. Puis, beaucoup plus tard,

1. Camp de travail en Allemagne ou en Pologne, lieu de déportation pendant la Seconde Guerre mondiale.

2. Primo Levi, *Si c'est un homme*, Julliard, 1987.

après avoir lu et parlé de ce livre à des centaines d'enfants et d'adultes, il a choisi de mourir.

Yaya n'a pas tout saisi, certains mots lui ont échappé, mais elle sait pourtant qu'elle a compris. Elle ferme les yeux. Elle se demande pourquoi ce texte aujourd'hui, maintenant. Elle pressent que c'est un signe, mais ne sait pas le déchiffrer. Elle se perd vite dans le sommeil, qui efface un instant la peur qui se profile.

Jaime reprend son stylo et souligne ce qui lui semble obscur ou trop clair.

Quand il ferme le livre, il regarde un moment Yaya qui dort près de lui. Son visage, puis les chiffres tatoués sur son poignet. Il voudrait la prendre dans ses bras. Il voudrait la protéger du dehors, de ses souvenirs.

Mais il la laisse dormir et pense à Ana qu'il n'a toujours pas osé aborder. Il pense qu'elle est trop jolie, trop bien pour lui. Pourtant, il a vraiment l'impression qu'elle le regarde avec une sorte de douceur et d'attente.

Il rêvasse, le livre sur les genoux. Il se demande comment il osera lui parler, ce qu'il lui dira. Peut-être bien qu'il est déjà amoureux. Sur le chemin de l'être.

Il a les yeux clos quand Alexandre le secoue sans douceur. Il lui tire la chemise sur l'épaule, le sort de sa torpeur sans aucune pitié. Alexandre ne dit rien, mais il a dans les mains des papiers, il les tend au jeune homme. Jaime s'assied, prend les papiers et commence la lecture. Ce sont des listes administratives, des listes de papiers nécessaires pour l'obtention d'un appartement HLM : avis d'imposition, quittance EDF ou Télécom, certificat de naissance, nom d'un garant éventuel...

Jaime lit à haute voix, Alexandre ne comprend pas tout. Juste que tout cela semble plus compliqué que ce qu'on lui avait dit à la mairie, quand il s'est déplacé avec Aicha.

Où trouver des quittances ? Ils ne paient pas de facture EDF, c'est le bloc électrogène qui les fournit en lumière. Le certificat de naissance d'Aicha va être difficile à obtenir, elle est née en Roumanie. Et un garant... Qui voudrait se porter garant de Gitans ? Les frères ouvriers de l'usine de recyclage gagnent-ils assez pour être crédibles ? Tous ces papiers sont impossibles à trouver, certains n'existent même pas. Jaime commence à se demander si le maire ne s'est pas moqué d'eux. Si cette proposition d'appartement est vraiment sérieuse ou seulement une façade pour cacher un grand vide. Il propose alors à Alexandre de l'accompagner à la mairie le lendemain, pour expliquer à la personne responsable que tous ces papiers sont introuvables, lui rappeler l'urgence de la situation et l'engagement du maire dans son courrier.

Jaime n'hésite pas à aider Alexandre. Même si cette démarche lui est douloureuse.

Le lendemain, Jaime n'est pas étonné quand, à la mairie, il se confronte à un homme qui lui dit que tous ces papiers sont nécessaires. Que c'est la règle. Qu'il ne sera pas possible d'obtenir d'appartement s'ils ne veulent pas se soumettre à la loi du pays. Que c'est un effort que fait la mairie. Qu'ils doivent comprendre que cela ne les dispense pas de se comporter comme tout Français aurait à le faire. Que c'est toujours la même chose avec les gens du voyage, les étrangers, toujours la même chose.

Jaime reconnaît les mots fermés de ceux qui ne les acceptent pas, de ceux qui derrière leur discours cachent la haine qu'ils ont pour son peuple. Il en a rencontré beaucoup déjà. Il n'en a pas peur, il les méprise. Il leur crache à la figure, mais dans son esprit seulement, parce qu'il sait que cela ne lui apporterait rien de plus que des coups et des insultes.

Jaime n'a pas peur. Il éprouve juste de la honte pour cet homme en face de lui. Alors il demande un rendez-vous avec le maire. Il sait qu'il y a droit. Il sait qu'il vaut mieux s'adresser au bon Dieu qu'à ses saints.

L'homme prend son téléphone, demande un rendez-vous à la secrétaire du maire. Il répète, attend, répète encore, explique le cas :

– Des Gitans, oui, des Gitans.

Enfin, il raccroche après avoir ri un moment avec la femme de l'autre côté du téléphone.

– Dans un mois, ce sera possible dans un mois, jeudi 30 à 15 h 30. Et ne soyez pas en retard, ajoute-t-il, il y a du monde qui doit passer après vous. Le maire ne souffre pas les retards, son temps est trop précieux.

Jaime lui répond vivement :

– Mais dans un mois, le délai donné par le maire sera passé, la lettre dit clairement que nous pourrons être expulsés !

L'homme n'écoute plus, il pousse dans le couloir Jaime et Alexandre, qui n'a rien osé dire de peur de ne pas trouver les bons mots. Tous les deux se retrouvent dans la rue, Alexandre se tourne vers Jaime :

– Mais qu'est-ce qui va se passer ?

Jaime se mord les lèvres, il essuie une larme sur sa joue.

Quand ils rentrent au camp, les autres attendent. Alexandre leur raconte, Jaime s'éloigne. Il a besoin de marcher, d'être seul.

Solémo a écouté avec attention. Il demande alors à Juan :

– Tu t'es occupé du pneu de la BM ?

– Luis, tu as contrôlé le niveau d'huile de toutes les voitures ?

– Hélène, occupe-toi de récupérer des bidons, ça peut toujours servir.

Solémo, ostensiblement, monte dans sa caravane et commence à faire du tri dans ses affaires.

Pendant ces six ans, il a accumulé un tas de choses. Maintenant, il faut alléger le départ, revenir à l'essentiel. Il jette par la porte ouverte des objets de toutes formes et de toutes matières. Il siffle un air entraînant, pris d'une gaieté presque oubliée.

Solémo a décidé de partir et de lever le camp avec tous ses enfants, tous ceux qu'il aime sans jamais rien en dire.

Solémo donne le signe du départ. Les mains sur les hanches, il crie à qui veut l'entendre ou ne pas l'entendre :

– Le 24 mai, nous serons aux Saintes-Maries-de-la-Mer et, là-bas, il sera temps de prier et de chanter ! Que chacun se prépare, le départ est imminent.

6

Trop tard

Six heures du matin. Des coups sur les portes. Des coups partout sur toutes les caravanes en même temps. Des voix qui crient :

– Police, ouvrez ! Police, sortez !

Entrebâillement des portes, des têtes ébouriffées se glissent à l'extérieur. Des hommes en uniforme attrapent des épaules, des bras, tirent en arrière les corps qui se penchent, ouvrent en grand les portes et, à coups de matraque, cognent sur les murs des caravanes qui ne se sont pas encore ouvertes. Dans un mégaphone, une voix grave résonne, demande à tous les résidents du lieu :

– Sortez dans le calme de vos habitations. Le terrain est désormais propriété de la société Camus. Il s'agit d'une expropriation qui se déroulera en bonne et due forme sous l'autorité de M. Lebel, huissier de justice, et de M. le commissaire de police, comme le stipule la loi. Gardez votre calme et veuillez suivre les gardiens de la paix sans contrevenir à l'ordre public.

Les portes claquent, les enfants hurlent. Le jour entre avec violence dans chaque habitation.

Pas le temps de se frotter les yeux, chacun se voit happé par des bras inconnus en uniforme. Des corps résistent pourtant, ils sont traînés par la police. Des pieds s'enfoncent dans la terre pour la retenir, se retenir. Des ongles griffent les manteaux des hommes de loi. Le réveil saisit ceux qui dormaient encore un peu, ceux qui se croyaient encore dans un mauvais rêve, et alors tout s'accélère. Des femmes roulent par terre, leurs petits dans les bras. Des femmes s'accrochent aux chambranles des portes, des hommes les tirent en arrière pour refermer les portes sur eux. D'autres prennent des barres de fer, des bouts de bois, des casseroles, des louches, des écumoires, tout ce qu'ils trouvent à portée de main, et se défendent comme ils peuvent.

Alors, les coups de matraque quittent les parois des caravanes pour tomber sur les épaules, sur les dos, sur les jambes. Sans discernement, tout ce qui se trouve à hauteur de matraque reçoit sa part. Le claquement des armes en caoutchouc, des dents, des mots se mêle aux pleurs des petits. Aux déchirures des tissus, aux cris, aux feulements des hommes devenus enragés sous les menaces des policiers, aux vagissements des tout-petits étouffés dans les bras de leur mère, aux cauchemars en cours, aux phrases envolées, au désespoir qui monte et s'installe sous les bottes, sous les coups des hommes et des femmes et des enfants aussi.

La voix dans le mégaphone s'affole :

– Gardez votre calme ! Si vous gardez votre calme, il ne vous sera fait aucun mal, mais si vous ne vous pliez pas à la loi, nous serons dans l'obligation de recourir à la force. Gardez votre calme ! Vous ne gagnerez rien à céder à la violence !

Yaya est sortie de son lit, elle est debout sur le marchepied de sa caravane et elle regarde ce qu'elle connaît déjà : l'indicible. Elle reconnaît cette scène. Sur le pas de sa porte, elle ne bouge pas. Aucun homme en uniforme ne vient jusqu'à elle. Elle est protégée de cette monstrueuse lutte, comme si elle était devenue invisible. Elle ne bouge plus, et rien ne vient la faire bouger. Elle est ancrée là, les sens affûtés par le grouillement, l'affolement, la peur, la rage des autres. Elle-même n'a pas peur, elle a seulement les sens décuplés par tout ce qui se passe autour d'elle ; elle voit chaque geste, chaque coup de dents, chaque bâton de caoutchouc sur les corps de ses aimés. Immobile, elle capte la moindre blessure, chaque lambeau de peau souffrant.

Juan fonce sur tous ceux qui se mettent en travers de son chemin. Il court, se jette sur les hommes en uniforme, tente de les toucher avec la lame de son couteau ; il glisse la pointe au plus profond, il vise les cous, la veine jugulaire, les ventres, les cuisses. Il vise comme il peut, il cherche la faille. Il leur saute dessus jusqu'au moment où l'un d'eux sort une arme à feu et tire. Juan s'effondre par terre. Il gît sans un mouvement.

Yaya a vu le doigt du policier appuyer sur la gâchette, elle a eu le temps de saisir le regard de Juan qui s'est éteint d'un coup, comme une lampe qui n'a plus de pétrole. Longs cris. La rage décuple dans le campement, la mère de Juan se jette sur son enfant. Un policier l'arrache du corps de son fils, la projette loin derrière, se penche, tente de trouver le pouls du blessé ou du mort, il n'en sait rien encore, personne ne sait, mais la colère prend le pas sur la peur et les hommes du camp sortent leurs couteaux, s'avancent à grandes enjambées sans plus craindre les coups, les balles. On a touché à Juan, ils sont prêts à le venger.

Les cris redoublent, d'autres hommes en uniforme arrivent, leurs matraques sont fraîches ; ils avancent en mur, acculant les hommes, les femmes et les enfants à reculer sous la pression de leurs corps, de leurs coups, de leur marche, de leur force, de leur nombre.

Jaime s'est jeté dans la mêlée lui aussi. Il a sorti son couteau, il crie aux enfants de passer en dessous, d'aller loin, de courir. Il prend dans ses bras des bébés, relève les mères et leur hurle de se sauver, d'aller plus loin, plus vite, de passer derrière, de sauter les barbelés, de sortir du campement, de partir, partir. Jaime pleure et crie et court et fonce. Comme les autres, il finit par se heurter au mur des corps protégés par des boucliers de plastique transparent, épais, incassables, durs. Une haie infranchissable, menaçante, dangereuse, absolue.

Les hommes et les femmes reculent et, pendant ce temps, des policiers entrent dans leurs caravanes, jettent au-dehors les couvertures, les lampes, les téléviseurs, les poupées, les vêtements.

Sept heures du matin. Yaya est toujours debout, sur les marches de sa caravane. Le calme est revenu peu à peu. Restent les pleurs, les hoquets de colère qui s'éteignent avec le trop de dégoût. Une ambulance a emporté Juan, le silence est revenu. Des hommes et des femmes sont embarqués, des menottes aux poignets. D'autres gisent par terre, blessés, hagards, perdus dans leur cauchemar.

Les voitures de police s'emplissent de corps amochés, deux ambulances embarquent policiers et Gitans sur des civières, les mêmes, parfois côte à côte.

Le camp n'est plus qu'un tas d'ordures, déchirement des corps, des âmes, des objets de la vie de tous les jours.

Des papiers volent, pages de cahiers et de livres, ceux des enfants, ceux de l'école, ceux de Jaime aussi.

La couverture du livre de Jaime, visages et corps d'hommes en vestes grises, a été déchirée et s'envole doucement. Le calme est presque revenu, l'hébétude fait place aux cris et à la peur.

Yaya n'a toujours pas bougé. Toujours aussi droite sur le pas de sa porte. Elle tient serré dans ses mains son petit sac en toile de jute. Jaime vient la chercher en enjambant des tas de tissus, des draps roulés, des assiettes brisées. Il la prend dans ses bras et la dépose un instant dans son fauteuil qui a été miraculeusement épargné. Du bout de son pied, elle trace dans la boue un cercle qu'elle barre d'une croix.

Jaime la regarde faire, prend son geste pour de la colère. Il se trompe pourtant. Un jour, il comprendra. Un jour, beaucoup plus tard.

Poussé par les derniers policiers, il se dirige vers le dehors du camp, va rejoindre ceux des siens qui sont déjà de l'autre côté des barbelés, silencieux, bouche bée, regardant les décombres de leurs biens. Jaime a pris dans ses bras la vieille Yaya. Elle ne bouge pas, ne dit rien, puis s'endort contre lui.

Après le départ des dernières sirènes, des hommes en uniforme montent la garde autour de ce qui reste des caravanes. Ceux du dehors sont maintenant au-dedans. Les Roms, eux, sont nulle part. Alors ils commencent leur marche vers la ville, ils avancent droit devant eux, le long de l'autoroute, sans autre but que de fuir ce lieu qui leur est interdit.

Jaime marche en berçant Yaya, de gauche à droite et de droite à gauche, en espérant faire durer un peu son sommeil, en attendant de savoir où aller et quoi faire.

7

Les mots perdus

Ils finissent par se retrouver dans un gymnase, serrés les uns contre les autres. Il leur a fallu marcher dans la ville jusqu'à ce que des hommes et des femmes viennent à leur rencontre, forcent la porte du gymnase devant eux et les fassent entrer dans un lieu fermé, protégé des regards.

Une association de défense des gens du voyage a été prévenue. Ils sont habitués à ce genre d'opération. Ils connaissent bien les expropriations, les coups de matraque, les hommes de loi, les politiques des villes. Ce sont eux qui, les premiers, ont apporté du lait et des conserves, des réchauds à gaz, des matelas, des couvertures et de l'eau dans le gymnase. Ce sont eux qui sont allés récupérer tous les objets qu'il leur semblait encore possible de sauver dans le camp. Ce sont eux qui ont apporté des nouvelles de l'hôpital : Juan n'est pas mort. Il est en soins intensifs, mais devrait s'en sortir. Pas de blessure grave chez les autres ; ils ont été accompagnés au commissariat pour contrôle d'identité. Ceux qui ont été arrêtés au petit matin devraient pouvoir les rejoindre d'ici à un ou deux jours.

Ce sont eux, encore, qui tentent de négocier avec la mairie pour que les naufragés puissent avoir un nouveau lieu de vie. Ils essaient de trouver les mots qui pourraient faire espérer ceux qui, encore hébétés, ne voient plus où, comment, qui, pourquoi...

Solémo reste penché sur Yaya, toujours muette, et lui parle dans une langue inconnue des autres. Elle se réveille puis se rendort, assise sur le club qui a été récupéré à la demande de Jaime Yaya ne parle plus depuis le choc. Son regard est si loin que personne ne parvient à le rencontrer. Depuis le matin, elle n'a rien mangé, refuse de parler. Solémo est près d'elle et ne la quitte pas. Il lui dit doucement des mots, en lui tenant la main.

Jaime court de l'un à l'autre, console ceux qui pleurent, prépare un biberon, désinfecte une plaie, couvre celui qui s'endort, serre les mains, dispute les petits qui s'accrochent aux barres fixes et sont déjà en haut des espaliers, donne un ballon à d'autres, regarde partout en même temps, transpire, récupère un paquet, l'ouvre, répartit comme il peut la nourriture. Il vient régulièrement toucher le front de Yaya, lui dire quelques mots, lui caresser les cheveux. Elle semble ne rien sentir, ne rien entendre. Elle est enfermée bien plus qu'eux tous dans ce gymnase.

Les secours s'organisent. L'association qui les aide est passée à la télévision, aux informations du soir, sur la 3, et des habitants, choqués par cet événement, viennent apporter de la soupe, des couvertures, des objets de première urgence.

Jaime prend des mains d'une jeune fille un paquet de serviettes ; quand il lève les yeux pour la remercier, il trouve ceux d'Ana. Ils ne se disent rien, juste un sourire.

Jaime sent à la fois de la honte, du plaisir, de la colère. Il aurait aimé la revoir autrement, dans un autre lieu. Il aurait voulu pouvoir toucher ses mains, ailleurs, ne pas être lui, là, sans domicile, sans plus rien que les siens qui pleurent et saignent et attendent qu'on leur dise où aller. Il déteste l'idée qu'elle puisse avoir pitié et il ne peut oublier qu'elle est une des leurs, une gadji. Il est pourtant tellement heureux de ce sourire, juste pour lui.

Après trois jours dans ce campement, l'espoir de retrouver un camp aux lisières de la ville a disparu. Le maire estime qu'il lui est impossible d'accueillir plus longtemps ces Roms sur le territoire de la commune. Il paiera une amende, s'il le faut, mais ces gens-là devront repartir vite. Ils n'ont plus de place ici. La loi a beau lui imposer de mettre à disposition un terrain aux gens du voyage, il ne le fera pas, il dit ne plus avoir un seul terrain de libre. À la télévision, le maire est très clair : le gymnase doit être évacué, le camp nettoyé. Il veut bien que les Roms viennent reprendre leurs voitures et ce qu'ils veulent. Mais qu'ils se hâtent ! À la fin de la semaine, les travaux doivent commencer, et le terrain devra être dégagé, totalement...

La vie va cahin-caha dans cet espace fermé. Peu osent sortir. Ils savent que, dehors, la police guette et attend le moindre faux pas. Bien sûr, plus aucun enfant ne va à l'école. Trop de risques. Et, de toute façon, l'école n'est plus une véritable préoccupation.

Yaya ne parle toujours pas, elle ne mange pas non plus. Elle accepte juste un peu d'eau entre ses lèvres. Rien d'autre ne passe.

Après la déclaration du maire, un groupe d'hommes et de femmes va sortir les voitures de ce lieu qui était leur camp. Ils remettent en état les caravanes cabossées, amochées, portes arrachées, fenêtres brisées.

On vient les aider à ramasser, nettoyer. Ceux de l'association et ceux de la ville. Ceux qui se sentent solidaires tout à coup de ces gens qu'ils ignorent depuis des années pourtant. Ana est des leurs, elle aussi. Elle devrait être au lycée, mais elle est là, jamais loin de Jaime. Ils échangent des mots pratiques, concrets,

– Tu peux attraper ?

– Où est-ce que je mets ça ?

– Tu peux m'aider à porter cette boîte ?

– Tu penses que je jette ce paquet ?

Ils se croisent et se croisent encore, s'effleurent, ne se disent toujours rien d'autre que ce qui semble nécessaire.

Ceux qui travaillent à l'usine n'y retournent pas, ils n'ont même pas la force d'aller réclamer leur dû. L'usine, c'est déjà du passé pour eux. Ce n'était plus possible de toute façon de travailler comme ça, ne plus avoir le sens des jours et des nuits, se casser le dos, les bras, les cuisses à porter des caisses, des cartons, des ordures. Même là on les a toujours traités comme des Gitans dont il faut se méfier. L'usine perd d'un coup ses ouvriers les plus corvéables, les moins exigeants. Dix hommes et quatre femmes, dans un gymnase, cherchant à retrouver le rythme des heures, des jours et des nuits.

Au quatrième jour, Solémo réunit la tribu, au centre du terrain de basket. Tous s'assoient par terre en cercle et attendent ses mots. Il prend la parole :

« La pierre nous avait prévenus, nous ne l'avons pas écoutée. Moi-même, j'ai été bien léger de ne pas me fier à ce qu'elle me disait. Je vous demande pardon, j'aurais dû, moi, le vieux, faire en sorte que cela ne nous arrive jamais. Yaya savait bien, elle, que la loi des gadjé n'est jamais pour nous, qu'elle est prête à nous traquer, jusqu'au bout des siècles. Elle le sait tellement qu'elle en a perdu les mots et la parole.

Il y a bien longtemps, c'était encore une jeune

femme, elle avait déjà arrêté de parler. Elle avait perdu le goût de la vie. Elle vient de retrouver ce moment-là, je le crains. La voilà qui retraverse le passé de tous les Roms, de tous les nôtres, le temps fait une boucle qui se resserre à chaque fois sur nous. Yaya souffre pour nous tous et pour tous ceux qui sont partis. Elle connaît cette brûlure du feu, les numéros qui sont gravés sur son bras s'enflamment à chaque nouvelle douleur des nôtres. Ils sont là, à jamais, pour nous rappeler que nous devons toujours partir. Partir plus loin, comme le dit notre histoire. Aujourd'hui, les mots lui font mal. Le silence l'a prise à nouveau, elle est là et ailleurs, avec chacun de nous et tellement seule.

Elle a tenté de nous dire, mais, déjà, les mots lui échappaient. Elle seule savait que ce que nous avons traversé était possible. Les coups de matraque, les cris, l'horreur du petit matin.

Nous sommes enfermés dans ce gymnase depuis plusieurs jours. Pourquoi attendre plus longtemps ? Qui de nous peut croire maintenant qu'il y a du bon ici pour nous ? Cette ville nous jette dehors, ou croit nous jeter dehors, mais en vérité nous partons. La pierre l'avait dit, c'est écrit dans le cristal, nous devons aller plus loin, chercher encore, poursuivre notre quête.

Notre Sainte Mère saura nous guider sur la bonne route, nous devons aller prier avec les nôtres aux Saintes-Maries. Nous devons retrouver la ferveur de nos prières, et Sara la Noire ne nous laissera pas tomber, elle en a vu d'autres, elle nous donnera la solution, nous montrera la voie.

Allons chanter pour elle, allons danser avec les autres, retrouver nos frères ! Peut-être Yaya nous suivra-t-elle dans nos chants ? Peut-être notre Bonne Mère saura-t-elle lui faire retrouver le chemin des mots ?

Ce gymnase sent mauvais, il sent l'homme qui ne marche pas, l'homme qui transpire sur lui-même dans des mouvements infimes. Nous ne devons pas nous laisser prendre par cette odeur. Notre sueur naît de notre peau, au soleil, sous la pluie, mais sûrement pas dans une maison comme celle-ci ; un toit nous empêche de voir le ciel, les portes sont fermées pour éviter les rues, la police. Encore du temps ici, et nos peaux vont étouffer du manque de vent.

Nous ne pouvons pas courir dans tous les sens. La pierre a ses angles, suivons ses lignes, traçons notre horizon, sans faillir à son ordre. Remettons notre matériel en état, vérifions l'huile et l'eau dans nos voitures, accrochons les caravanes solidement, retrouvons l'allant de la marche, nos volontés égarées, retrouvons-nous, ensemble, toujours ensemble, malgré eux, malgré l'adversité, malgré tout.

Nous devons à Yaya notre aïeule, notre mère, la force qui lui rendra les mots, l'envie d'être là, toute à elle, toute à nous. »

Yaya se tait toujours. Elle a entendu le discours, sûrement, puisqu'elle était là, avec les autres.

Yaya se tait toujours. Malgré les larmes de Jaime sur ses mains, le soir, alors qu'il est épuisé et voudrait trouver le sommeil. Ils vont prendre la route. Son bac est fichu et, surtout, il n'a toujours rien dit à Ana. Mais que lui dire et comment ?

8

Le voyage

Jaime n'a pas dit adieu à Ana. Il ne lui a rien dit. Ils se sont embrassés, quatre baisers, deux par joue. Elle lui a donné son adresse, écrite sur un papier de cahier à grands carreaux. Elle lui a demandé :

– Tu m'écriras, dis, tu me donneras de vos nouvelles ?

Elle n'a même pas dit « de *tes* nouvelles ». Il est parti en silence. Il n'avait pas envie qu'elle voie le cortège de caravanes s'ébranler. Il n'a plus la fierté qu'il avait enfant à prendre la route. Les caravanes sont vieilles et en piteux état. Les voitures sont sales, ils n'ont pas eu le cœur de les nettoyer à grande eau, comme ils le faisaient avant les départs.

Ceux qui ont été arrêtés sont sortis du commissariat avec sommation de partir, de quitter la ville, la région.

Ils ont laissé Juan à l'hôpital. Sa mère est restée près de lui, elle dormira comme elle pourra, dehors, sous les porches, dans une gare, dans la rue, sous un pont. Peu importe. Elle attendra qu'il soit remis pour rejoindre la tribu. Lui sera une fois de plus arrêté, jugé et enfermé. Cette fois, il a blessé plusieurs policiers. La peine sera lourde, sans aucun doute. Même si l'association a promis un avocat pour lui. Celui-ci plaidera la légitime défense et, si ça ne marche pas, l'irresponsabilité. Tout un programme.

Juan en tôle ou chez les fous.

Juan enfermé, de quoi le faire mourir.

Direction le sud. Jaime est assis sur le siège avant. Son père au volant. Il boit à la bouteille en conduisant. Jaime ne peut rien dire, c'est son père. Pourtant il est furieux, pourtant il a peur pour ses frères et sœurs, pour sa mère enceinte. Il voudrait arracher la bouteille des mains de son père. Mais il ne peut rien faire.

Dans la voiture de Solémo, Yaya est toujours silencieuse, mais son regard a retrouvé le chemin des autres ; elle dit avec ses yeux les encouragements, les mots doux, sa peur aussi.

La route, les arbres qui filent et la ligne blanche qui fait la ligne d'horizon, de l'arrière vers l'avant. Les villes puis les villages, les grandes routes, les grandes rues, les aires d'autoroute, les fontaines sur les places pour remplir les bidons, les grandes surfaces, les bords de village pour dormir, les contrôles de police.

« Vous ne pouvez rester sur cette aire, demain à la première heure, vous devez partir, sinon... »

Dès la première heure, ils fuient plus loin vers le sud.

Des arrêts dans les bois pour manger dehors, s'asseoir sur un tronc, se cacher derrière un arbre, courir après le petit qui veut jouer et pourrait s'égarer. Les rires reviennent avec la chaleur qui s'affirme au fur et à mesure des kilomètres.

Léandro reprend son accordéon sous la lune et fait danser les femmes, de plus en plus vite, de plus en plus fort jusqu'à oublier le pourquoi, le comment, le chemin, les jours passés, juste la musique qui chante, rebondit, se révulse, s'écrit dans l'élan de l'oubli.

Yaya, assise dans son club sur une aire de l'autoroute, écoute la musique, mais rien ne parvient à faire sortir un son de sa bouche. Peut-être peut-on lire un sourire ou alors peut-être est-ce seulement le passage de la brise sur ses lèvres. Yaya va de son fauteuil au siège de la voiture, à son matelas dans sa caravane. Elle caresse la tête de Jaime quand elle voit ses larmes venir.

Neuf cents kilomètres à rouler pour atteindre les Saintes-Maries. Ils savent que, là-bas, ils trouveront pour quelques jours un lieu accueillant. Ils rencontreront d'autres Roms, croiseront des sœurs, des frères, raconteront leur histoire.

Neuf cents kilomètres en caravane, ça prend du

temps, surtout que rien ne sert de forcer le temps, ils veulent être là-bas le 22 mai, ça suffira pour se préparer à la fête. Ils prennent le temps de descendre, de s'arrêter. S'ils peuvent rempailler quelques chaises, ça aidera à payer le diesel. L'association leur a remis un peu d'argent, de la nourriture et quelques médicaments, mais ils n'iront pas bien loin avec ça. Il n'y a plus les paies de l'usine maintenant. Tout va redevenir beaucoup plus difficile.

Le soir, Jaime sort le fauteuil club, y dépose sa grand-mère, toujours murée dans son silence, et s'installe à ses pieds pour lui lire la mythologie grecque ou les œuvres au programme du bac. Yaya lui sourit maintenant, mais sans bruit. Il lit les morceaux qu'il aime et fait des patchworks de textes, pour sa Yaya. Ces lectures le ramènent à Ana, immanquablement. Comment faire maintenant avec ce souvenir qui vient lui donner le manque, le regret de là-bas ?

9

Cinq mois déjà

« Ma chère Ana,

J'ai gardé tous ces mois dans ma poche le papier où tu m'as écrit ton adresse. Je voulais t'écrire, mais je n'y arrivais pas. Cette fois, je me lance.

Après notre départ du gymnase, nous avons roulé vers le sud et nous avons retrouvé les nôtres aux Saintes-Maries-de-la-Mer. Nous avons prié, nous avons chanté pour notre sainte, Sara la Noire. Après quelques jours, nous avons dû repartir.

Nous sillonnons la côte maintenant. Quelques arrêts ici et là, quelques haltes pour trouver des petits boulots, pour laver le linge, nous poser un moment. Bien sûr, plus de lycée pour moi. Je n'ai pas passé mon bac et je ne le passerai jamais. Je crois que ce n'est plus si important. Je suis sûr que tu as eu une super moyenne, j'espère que tu me raconteras comment ça s'est passé.

Tu sais, je lis tout ce qui me tombe sous la main. Je lis, dans les librairies, dans les bibliothèques et je t'avoue, parfois, je vole des bouquins qui me semblent importants. Quand je découvre un auteur, un texte, je me demande si tu l'as déjà lu, si tu l'aimerais autant que moi.

Je lis souvent à voix haute pour ma vieille Yaya qui a perdu les mots depuis l'expulsion. Elle garde indéfiniment ce silence que tu lui as connu. Je l'installe dans son fauteuil, et elle m'écoute. Elle sourit parfois. D'autres fois, elle pleure. Quand je veux m'arrêter, elle presse mon bras pour que je continue.

Je lui parle de toi, souvent.

Je fais la classe aux petits. Je veux qu'ils sachent lire, qu'ils apprennent tout ce que je sais. Je les réunis tous les matins, comme je peux, en les tirant du lit, en les rattrapant au vol. On s'installe dans un coin, sous un arbre, près d'une rivière, sur la place d'un village, et je leur apprends les lettres et les chiffres, je les fais écrire, je leur lis des histoires, je leur parle de l'Histoire. Ils apprennent la géographie au jour le jour. Je leur montre sur une carte où nous nous trouvons, et ils ont du mal à comprendre comment on peut dessiner un endroit à plat sur du papier. Parfois des grands viennent avec eux, mes cousins, mes cousines, mes oncles ou mes tantes.

Je voudrais qu'ils aient envie d'apprendre ces choses. Même si nos petits savent bien plus de choses de la vie que beaucoup d'enfants de leur âge, je crois qu'ils peuvent trouver dans les livres de quoi rêver et de quoi réfléchir. J'ai tellement envie qu'ils aiment autant que moi les mots !

En vérité, j'aimerais écrire un livre, mais je ne sais pas bien par quel bout commencer.

Si déjà j'arrivais à écrire cette lettre correctement, je pourrais peut-être espérer devenir écrivain... Mais je me sens maladroit et j'espère que tu ne me trouves pas ridicule à te raconter tout cela.

J'ai peur de ne pas te revoir. Vraiment peur. Peut-être le voyage de ville en ville nous ramènera-t-il vers le nord ? Les villes du Sud sont inhospitalières pour nous. Les expulsions sont de plus en plus fréquentes dans le coin ; nous croisons d'autres Roms, des Gitans, des manouches qui ont subi le même genre d'aventure que nous. Que les villes soient de droite ou de gauche, ça ne change guère les choses. À chaque fois, nous devons partir plus loin. Maintenant, nous partons avant l'affrontement. Les maires ne respectent pas la loi. Presque tous préfèrent payer des amendes plutôt que de nous donner l'accès à un terrain qui doit pourtant nous être proposé, légalement. Je me demande s'ils paient vraiment ces amendes. Je n'y crois pas tellement. Les gadjé ont leurs lois, elles nous condamnent par principe, après ils s'arrangent sûrement entre eux. Pardonne-moi, je sais que tu es de leur monde. Mais je sais aussi que tu n'aimes pas leur injustice.

Juan, mon cousin, attend son jugement. Il est en préventive, il finit de se remettre de sa blessure.

Je ne pourrai jamais vivre comme un gadjo. Je souffre de ces voyages incessants, mais je ne peux pas me voir dans une maison, fixé quelque part.

Pourtant.

Tu me manques tellement.

Je n'arrive pas à imaginer quelqu'un vivre dans ce mouvement perpétuel, dans la boue, parfois sans eau pendant plusieurs jours, rejeté par les autres.

Comment t'imaginer là ?

Comment m'imaginer ailleurs ?

Si je revenais vers le nord, voudrais-tu me revoir, accepterais-tu de me rencontrer, dans un café, dans la rue, n'importe où, loin de chez toi, loin de chez moi ?

Ana, je n'ai jamais senti cela. Je l'avais lu dans les livres. Je ne savais rien de ce sentiment, tellement fort.

Si tu voulais répondre à cette lettre, tu pourrais m'écrire à la poste restante de Sisteron. Nous allons remonter un peu, nous éloigner de cette côte trop aride pour nous autres.

Nous y serons dans une semaine, nous y resterons peut-être quinze jours, peut-être un mois si on nous laisse tranquille. Peut-être davantage encore si nous trouvons un lieu un peu accueillant.

Après, je ne sais rien de l'avenir. Ce n'est pas un temps qui nous préoccupe, nous les Roms. Le présent donne fort à faire déjà.

Et pourtant le conditionnel me hante. Et si nous revenions, voudrais-tu me connaître mieux... m'aimer ?

Je t'embrasse, impatient de te lire, inquiet aussi, je te l'avoue.

Sache que tu es dans mes pensées, dans mon cœur.

Je t'espère. Fort.

Jaime »

10

La terre reprend sa ronde

Ils parcourent le Sud et souvent ils sont rejetés un peu plus loin. Même certains autres Roms leur demandent de partir plus loin. Certaines tribus se sont installées dans des HLM et ne souhaitent pas voir leur passé rejaillir.

Alors ils avancent, profitent parfois d'un bout de mer pour se tremper les pieds, passer une nuit sur une plage. À Marseille, ils ont traversé la ville, émerveillés par le ciel, la lumière de cette ville. Ils en sont sortis avant le soir. Impossible d'arrêter un moment voitures et caravanes. Plus loin, toujours plus loin.

La mère de Jaime a accouché d'une petite fille. Ça s'est fait dans la caravane, une nuit. Trois femmes plus âgées l'ont mise au monde.

Jaime regarde sa petite sœur avec émerveillement. Ses mains si petites, ses pieds surtout le font rire et l'attendrissent. Il la prend dans ses bras et lui chante des berceuses, celles qu'il a chantées à ses autres frères et sœurs, celle que sa mère, sa grand-mère, ses tantes lui chantaient quand il était enfant. Cette petite, c'est la vie qui prend le dessus, c'est le temps qui poursuit sa course, malgré l'adversité, malgré tout.

Il la met dans les bras de Yaya qui écarquille les yeux et passe son doigt dans les cheveux hirsutes de l'enfant juste née.

– Regarde comme elle est belle, Yaya. Regarde comme elle nous observe. Touche ses doigts si fins qui serrent déjà si fort.

Le matin, quand il part à la recherche des petits pour leur faire la classe, il a dans ses bras sa petite sœur. Il l'embarque partout, la porte dans un foulard contre son ventre. Comme les femmes, comme les mères.

Il récupère les petits, ceux qui sont en âge de tenir un stylo, un par les cheveux, un par la manche, un par la jambe, un autre par le pantalon, et il fait la grosse voix pour les faire asseoir autour de lui.

Aymée, sa petite sœur, s'éveille à ce changement de timbre. Alors il se penche vers elle et lui chantonne une berceuse dans l'oreille : « *Loki Djili, leto djé djé, loki Djili, leto djé djé.* » Il ne sait pas le sens de ces mots, mais il se souvient comme cette chanson douce le rassurait quand il était enfant. Aymée retrouve le sommeil ou une veille douce et calme.

À chaque nouvel arrêt, tout est à découvrir. Nouveaux mondes. Les couleurs changent, les plantes ne sont plus tout à fait les mêmes, la terre prend des teintes ocre, rouge ou brune selon les chemins. Seules les routes sont du même goudron, fil conducteur, elles ne s'arrêtent jamais. Jaime tente d'écrire les paysages dans un cahier d'écolier.

Solémo observe les siens, il sent que le voyage reprend ses droits. Il ne s'agit plus de fuir, mais de s'imprégner de chaque bout de terre sous ses pieds et de repartir avec, plus riche d'être passé là, plus fort de cette nouvelle connaissance. Peu importe le goudron, la boue, les cailloux. Peu importe la matière, c'est l'essence des éléments qui compte, et Solémo sent que ce sentiment revient chez lui et chez certains des siens. Des petits découvrent ce goût d'être et ne plus être dans un lieu, d'être entre mille lieux, d'avancer et de garder la trace de l'univers. Il voit tout cela, il avait oublié, lui aussi ; il est heureux de voir Jaime embrasser un arbre ou s'asseoir par terre en regardant les étoiles. Même si le vieux Solémo sent bien aussi la souffrance chez l'adolescent si souvent triste ou absent ; il reconnaît l'amour, cela le fait sourire, avec tendresse.

La fuite redevient peu à peu voyage, la peur redevient peu à peu peur tranquille de l'univers. Fini la panique des gadjé.

« Le temps fait son chemin, pense Solémo, le temps redonne le sens, la direction à prendre. »

Il pourrait être complètement rassuré si Yaya retrouvait les mots. Elle est revenue, il le sait bien, mais il ne sait comment lui donner la force de recouvrer la parole. Même ses petits ne parviennent pas à la faire parler. Elle sait à nouveau caresser l'un ou l'autre, elle fronce les yeux parfois, elle serre des doigts, elle mange à petites bouchées des miettes de repas. Elle sourit parfois, et même elle rit, elle écoute, elle entend, elle est là, avec chacun, pour tous. Sauf qu'elle ne dit toujours pas un mot, pas un son ne sort de sa gorge, et Solémo croit qu'elle ne peut simplement plus parler. Il se dit que peut-être les fantômes lui ont arraché la parole et que plus jamais elle ne pourra rien dire.

Ce voyage, il ne sait pas où il les mènera, et Solémo s'en inquiète en silence. Il parle toujours à Yaya dans une langue que seuls eux deux semblent comprendre. Une langue magique mais sûrement pas assez puisqu'elle ne trouve pas la route de la bouche de Yaya.

Les chansons bercent les enfants et éveillent les sens, les vieux airs sont comme revenus, après une longue absence et, le soir, le jour, dans les voitures, sur les bords de route, il n'est pas rare d'entendre un chant repris par des voix qui viennent de partout, des voix d'hommes et de femmes, celles d'Alexandre, d'Aicha, d'Arturo... des voix d'enfants qui apprennent les paroles en répétant derrière leurs parents.

« *Nem arrol hajnallik*
Amerrol hajnallott[1]... »

La vie prend d'autres formes, la vie reprend ce goût de partir dans le plaisir, de rester dans l'envie de découvrir un autre coin, un recoin inconnu. Et même si l'argent manque, et même si le vin coule trop vite dans le sang de certains, et même si l'espoir de donner à tous les enfants l'alphabet s'amenuise, et même si les paniers ne se vendent pas toujours bien, et même s'ils se font virer de lieu en lieu... les chansons reprennent vie, l'accordéon de Léandro joue presque chaque jour et à chaque moment du jour Aymée sourit et bouge ses menottes, Maria danse, Hélène virevolte dans sa jupe. Le linge sent le soleil, le vent caresse les corps, les rivières sont accueillantes et appellent au bain, aux jeux d'eau, aux rires en éclaboussures, le riz est piquant sous la langue, les tomates fraîches et désaltérantes.

« Les Alpes de Haute-Provence sont tellement belles, tellement surprenantes, tellement apaisantes », pense Solémo. Il se dit qu'ils doivent prendre le temps ici de découvrir chaque brindille et chaque étoile. Il y en a des milliers chaque nuit, comme si le ciel était plus proche des humains à cet endroit du monde. S'arrêter pour les regarder et comprendre

1. « Le soleil ne se lève pas au même endroit qu'hier... »

les signes qu'elles inscrivent dans le ciel leur donnera sûrement à mieux saisir le monde.

Il se souvient du temps où une botte de foin, une rivière et les étoiles le plongeaient avec bonheur dans le rêve de celle qu'il aimait.

Il regarde Jaime rêver et se souvient.

11

L'oraison

Hier soir, Yaya a parlé. Elle a parlé dans cette langue inconnue de tous sauf de Solémo. Elle a demandé à ce que le vieil homme vienne près d'elle et elle a fait un geste à tous les autres, un geste pour dire : « Laissez-nous, partez. »

Alors le vieux a écouté la vieille. Elle a parlé sans discontinuer pendant une nuit et une journée. Quand Yaya a fermé les yeux après cette longue veille – elle qui dort si souvent dans une seule journée a résisté un jour et une nuit complets –, elle ne les a plus jamais ouverts.

Yaya est morte après avoir livré ses derniers secrets au vieux Solémo. Le vieil homme s'est endormi près d'elle après avoir écouté des heures durant la voix rauque de Yaya. Mais lui s'est éveillé au lendemain.

Tous pleurent déjà la vieille. Les femmes se lamentent, les hommes se taisent. Les enfants abasourdis ne jouent plus, sidérés par la mort de celle qui a toujours été là, qui a toujours écouté, regardé, grondé, aimé.

Le feu est allumé, Yaya est encore dans son club, comme endormie.

« *Pale peu mange hoska*

Joj mekes man [1] »,

fredonnent les uns et les autres.

Jaime est aux pieds de sa grand-mère, il ne parvient pas à reprendre son souffle. Entre les larmes et les paroles qu'il lui dit encore, comme pour l'éveiller, comme pour croire qu'elle l'écoute toujours.

« Yaya est morte sans me dire un mot », pense Jaime, meurtri.

Il va chercher Aymée et berce l'enfant en touchant son visage, chaud, doux. Solémo s'éveille, il n'est pas surpris de la disparition de la vieille femme, il le savait, bien sûr, elle le lui avait dit déjà.

Le feu crépite et Solémo prend la parole. Il est le vieux, il est celui qui a recueilli les derniers mots de la vieille Yaya. C'est à lui de dire l'oraison, de conter la vie de celle qui est partie. C'est à lui de parler de cette femme qu'il a tant aimée, depuis si longtemps, depuis toujours. Alors il lève le bras, et tous s'approchent pour l'écouter :

« Yaya est sur le chemin de là-bas, dernier voyage avant le repos qu'elle a tant espéré. Le Mulo, l'esprit

1. « Pourrais-tu me dire pourquoi elle m'a quitté ? »

de la mort, est venu la chercher, il l'emportera quand nous la laisserons partir, mais, avant, nous lui devons le chant, nous lui devons les mots, nous lui devons le temps de lui dire adieu. Le Mulo, l'esprit de la mort, s'est emparé de son corps ; bientôt, nous devrons accepter de laisser partir aussi son esprit. Mais nous avons un peu de temps, trois jours et trois nuits, nous laisserons son esprit errer librement parmi nous, nous nous remplirons d'elle pour la dernière fois ; elle est là, elle attend que je conte son histoire. Après, elle pourra partir tranquille, ses fantômes la laisseront en paix, enfin ; elle pourra dormir sans rêves, sans les voix qui habitaient son corps et qui l'enserraient tant à la fin qu'elle n'en trouvait plus le chemin de sa propre voix. Laissez-moi vous dire son histoire. Laissez-moi vous bercer de sa vie.

Elle est née il y a bien longtemps. Son père avait connu la fin d'un siècle et la Première Guerre. C'était un homme bon, un juste. Sa fille le rendait fou de bonheur, et il remerciait chaque jour sa femme, Sara, Dieu et tous ses saints de lui avoir donné ce cadeau, cette petite merveille d'enfant pétillante.

Quand la deuxième grande guerre a sonné, il a été arrêté avec tous les siens, dans un camp, près de Paris. On l'a emporté avec d'autres dans un train. Il n'est jamais revenu, son corps s'est perdu dans un four crématoire, au fin fond de l'Europe. Il était sans doute trop vieux pour le travail dans les camps. La mère de Yaya a subi le même sort, sauf que c'était du côté des femmes et qu'avant de la tuer on a tondu ses cheveux qu'elle avait noirs comme des ailes de corbeau, de ce noir bleuté des cheveux de Yaya, quand elle était jeune fille et s'appelait Sara.

Sa mère trop fragile pour qu'on la laisse vivre. Sa mère, merveilleuse, époustouflante danseuse. Elle pouvait danser deux nuits durant sans s'arrêter, prenant le jour pour s'occuper de ses petits, faire des paniers d'osier comme personne et chanter pour bercer ses enfants, ses neveux, ses nièces, pour donner la force aux grands. Une mère aimante.

Sa fille avait pris d'elle ses longues jambes, son goût de vivre, de rire, de chanter, de danser, de courir, de parler, d'être tout entière toujours, pleine de cette vie et d'appétit, remplie de rêves et de dons.

Yaya est née de son ventre entre deux guerres, dans une roulotte aux roues vertes et rouges. C'était le temps des roulottes, des roues qui tournaient sur les chemins empierrés, sur les pavés. Elle était l'aînée ; après elle, quatre garçons. Elle était leur déesse, leur lumière, leur quête, leur rêve. Elle était belle et riait au moindre souffle de vent. Ils l'aimaient plus qu'une sœur, et plus d'un espérait en secret pouvoir un jour l'épouser malgré les interdits. Ses frères ont dû l'espérer jusqu'au bout, dans la forêt où on les a fait travailler avant qu'ils ne s'effondrent : trop jeunes pour survivre à tant d'heures, à tant de coups.

Elle seule a survécu au camp de concentration ; elle seule a survécu à ceux qu'elle aimait. Parce qu'elle était si belle que même les monstres n'ont pu se résoudre à la tuer. Parce qu'elle était si forte, parce qu'elle a résisté au pire. Parce qu'elle était jeune et croyait que la vie reviendrait forcément, malgré le quotidien qui semblait dire à chaque instant le contraire. Parce qu'elle avait la rage de vivre, parce qu'elle ne voulait pas se laisser vaincre, trop fière, trop en colère. Parce qu'elle ne savait pas encore que les siens n'avaient pas tenu le coup. Elle a survécu.

La guerre s'est terminée et, après cette lutte acharnée pour tenir debout, Yaya est restée sans voix, la voix peut-être emportée par ses disparus qui avaient brûlé, sans être veillés, dans un feu de débauche et de haine. Pas ce feu protecteur, pas ce feu qui purifie les souillures, les mauvais souvenirs. Pas notre feu, ce soir, qui nous aide à prier et réchauffe nos mémoires.

Le Mulo rôdait partout, planait sur les cheveux de tous ceux qui n'étaient pas morts. Il était l'esprit de tous ceux qui n'avaient pas eu les honneurs dus à leur disparition.

Le Mulo rôdait dans le cœur, dans l'esprit de tous les survivants, ne les laissant jamais en paix. La jeune Sara (elle n'était pas encore votre Yaya, votre grand-mère, mais une jeune Sara) était habitée du Mulo, qui pour elle devenait une créature dévorante.

Là-bas, dans son camp en Allemagne, elle a rencontré d'autres femmes. Certaines sont revenues comme elle. Une de ces femmes, après la guerre, lui a donné quelque chose, quelque chose de précieux, quelque chose qu'elle gardait depuis bien longtemps, depuis bien avant sa naissance, quelque chose de sacré. Cette femme aussi était rom, mais elle savait déjà qu'elle ne pourrait jamais donner ce trésor à un de ses enfants. Les siens avaient été décimés. Elle savait qu'elle n'aurait jamais d'enfant. Elle savait qu'elle mourrait peu de temps après, parce qu'elle ne supportait plus de vivre. Elle avait survécu et, maintenant, elle allait se laisser mourir comme tant des nôtres, hantée par le Mulo et les souvenirs du démon.

Alors, cette femme a donné à Yaya qui était encore presque une enfant cette chose, en lui disant d'en prendre soin. Elle lui a prédit qu'un jour un de ses petits-enfants saurait redonner vie à ce trésor. C'était écrit dans les mains de Sara et aussi dans ses yeux ; la femme l'avait vu dès qu'elle l'avait regardée. Elle avait lu dans le creux de sa main les lignes de sa vie, et son intuition avait été confirmée. Cette femme ne voulait plus vivre, mais elle ne voulait pas que se perde cette mémoire qui lui avait été donnée par sa grand-mère, qui la tenait de sa propre grand-mère.

La jeune Sara a pris la chose en silence, elle ne savait plus parler et elle l'a rangée dans un sac en toile de jute. Ce sac est toujours resté dans ses mains, sous sa tête, à portée de son corps.

Il a traversé les années de Sara puis de Yaya, toujours là, sans qu'elle l'ouvre, seulement pour l'emmener d'un voyage à un autre. Ce sac, elle en a fait un morceau d'elle-même sans jamais se préoccuper de son contenu.

Elle n'a pas cherché à savoir parce que c'était déjà tellement difficile de retrouver l'amour après tant de deuils et d'absences, de retrouver le goût d'un homme après les avoir tous tant haïs. C'était tellement difficile de réapprendre les mots un à un, puis d'accepter la vie dans son ventre, dans ses jambes, dans ses bras, douze fois. Douze fois réapprendre la vie et l'adorer, puis des dizaines de fois quand les petits-enfants sont nés. Elle a tellement mis de force à prendre la vie à bras-le-corps, elle a tellement lutté contre tous ses fantômes en colère qu'elle n'a pas cherché à savoir ce que cachait l'objet.

Elle avait bien entendu que ce n'était pas elle, mais un de ses petits-enfants qui saurait l'utiliser et lui donner sens.

Et hier, elle a retrouvé la voix des Roms d'antan pour me conter cela, à moi qui l'ai toujours espérée, moi qui aurais tant aimé l'aimer et lui donner ses douze enfants. Mais j'étais sot quand j'étais jeune, je n'ai jamais trouvé les mots pour le lui dire, je n'ai pas su la prendre dans mes bras quand elle ne tenait plus debout. Un autre l'a fait, votre père, votre grand-père, qui est mort depuis longtemps déjà, Dieu ait son âme et me pardonne de l'avoir tant détesté parce que j'aurais voulu sa place ! Je n'ai pu que la regarder vivre et se remettre debout et retrouver la marche et la voix et le rire. J'ai toujours été près d'elle, à l'attendre. Je n'ai pas eu d'enfant, ou alors je ne le sais pas, j'ai toujours espéré que nous deux, un jour, nous serions réunis.

Elle est venue hier, enfin, elle est venue pour moi. Je ne croyais pas que ce jour serait à la veille de sa mort, mais je suis heureux qu'elle l'ait fait ; nous serons bientôt réunis à jamais, je le sais maintenant. Nous avons pu parler la langue de nos pères, celle que vous avez oubliée parce que nous avons omis de vous l'apprendre, parce que nous avons eu peur de cette langue après toutes les tortures de la guerre. Parce que nous ne pouvions plus parler cette langue qui n'avait pas les mots pour dire l'innommable.

Elle s'est rappelé hier la langue de nos pères, celle qu'ils nous parlaient avant d'être envoyés dans les camps. Cette langue qui nous disait tant de tendresse d'enfance, la langue des berceuses, des chants d'amour.

C'est dans cette langue qu'hier, à moi, elle m'a dit que cet objet revenait à Jaime, que lui seul saurait déchiffrer son mystère.

Jaime, dans trois jours, je mettrai dans tes mains

cette chose. Je sais où la trouver. Je ne sais pas plus que toi ce qu'elle est, ce qu'elle signifie. Jaime, c'est à toi que revient maintenant ce secret. Tu dois en faire quelque chose, je ne saurai te dire quoi, mais Yaya sait que tu es le seul à pouvoir réaliser la prédiction de cette femme rencontrée il y a bien longtemps.

Maintenant, prions, chantons, rappelons-nous Yaya aux petits matins, Yaya qui s'endormait n'importe où, n'importe quand, Yaya qui riait aux éclats, Yaya qui frappait dans ses mains, Yaya grave et lointaine, Yaya qui chante, Yaya qui danse, Yaya qui pleure, Yaya qui regarde, Yaya qui se tait, Yaya qui hurle, Yaya qui soupire, Yaya dans son fauteuil club.

Rappelez-vous Yaya, moi je me rappellerai aussi Sara, la brune et voluptueuse Sara, celle d'avant la guerre, aux seins qui pointaient avec envie de vie, Sara aux jambes longues et musclées, aux pieds fins et aux ongles peints ; je me rappellerai aussi la Sara d'après, maigre et efflanquée, silencieuse, les larmes au bord des lèvres, ses cheveux qui repoussent, de plus en plus bruns sur son cou trop gracile, sa chevelure de plus en plus épaisse, de plus en plus riche et lourde sur ses épaules. Je me rappellerai la Sara au ventre qui s'arrondit, au sourire qui retrouve le dessin de ses lèvres. Je me rappellerai la Sara au bras de son mari qui a si bien su l'aimer. Je me rappellerai Yaya qui m'a choisi pour ses dernières paroles.

Chantons, profitons de sa présence encore parmi

nous, savourons notre ancêtre, notre grand-mère. Prions Sara dont elle a porté le nom.

Prions et chantons ensemble et toi, Léandro, prends ton accordéon et fais danser les femmes, rendons sa joie à notre vieille qui a tant aimé la vie et la musique et nous tous. »

Jaime chante avec les autres, il se laisse aller à la danse, puis va se coucher près de la petite Aymée qui s'endort près du feu. Il a du mal à s'endormir, il essaie d'entendre dans la nuit la voix de celle qui l'a quitté.

La chose que Yaya lui a laissée lui fait peur. Mais il est tellement fier d'être celui qu'elle a choisi. Il se demande ce qui l'attend maintenant qu'elle n'est plus. À qui pourra-t-il parler ? Qui pourra lui donner conseil, l'aider à faire avec la vie ?

Il voudrait pouvoir raconter à Ana. Il voudrait qu'Ana le prenne dans ses bras. Il voudrait qu'elle le rassure et qu'elle l'aime. Qu'elle soit là, près du feu.

Il berce sa petite sœur et laisse ses pensées vagabonder, Yaya, Sara, Ana, Aymée, comme une mélopée, comme un conte, comme une histoire d'amour infinie.

Puis le calme lui vient, il ne pleure plus, il sent la présence chaude de Yaya près de lui. Il sent sa main dans ses cheveux. Il s'endort près du feu, la petite contre lui. Sa grand-mère le tient dans ses bras. Il le sait maintenant. Il peut penser à Ana paisiblement. Il peut se reposer.

Il ne sera jamais seul.

12

Le Livre des patrins

Les trois jours et trois nuits ont passé dans les pleurs, les chants, la veille autour du feu.

Ils ont fait enterrer Yaya dans le cimetière d'un village, au pied d'une petite église romane. Une belle cérémonie religieuse, dans la fraîcheur de l'église puis sous le soleil. Tous les adultes ont jeté sur le cercueil quelques pièces de monnaie. Yaya pourra ainsi payer le passage pour l'autre monde ; cette fois, elle part enfin tranquille.

De retour au camp, ils ont réuni les vêtements de Yaya, quelques paquets de Gitane, de vieilles photos. Ils les ont posés sur son vieux fauteuil, son club immémorial, et ils ont mis le feu à ces objets. Ils ont ainsi laissé partir l'esprit de Yaya pour qu'il ne soit pas prisonnier des biens terrestres.

Quand tout est devenu cendre, ils ont tous pris dans leur main un peu de cette poudre et se sont frotté le visage avec, se laissant aller aux larmes encore une fois. Enfin, ils se sont lavés à l'eau claire, dans le fond de la rivière presque à sec, puis ils ont repris la vie de tous les jours, encore tristes de cette absence mais forts d'être là, ensemble.

Jaime lui aussi a retrouvé le rythme des jours ; il a appelé les petits pour leur cours du matin, au bord de la rivière.

Solémo s'est assis près de la bande d'enfants un peu dissipés par le soleil et leur envie de rire, de courir, de reprendre la vie après ces journées immobiles. Solémo a écouté Jaime, fier de cet enfant, ému déjà à l'idée de ce qu'ils trouveraient tous les deux dans ce sac en toile de jute.

Quand les petits se sont levés, impatients d'aller jouer ailleurs, de parcourir un bout de chemin inexploré, de grimper dans le merisier aux branches qui les attendent, quand ils se sont sauvés, Jaime a regardé Solémo. Il l'a aidé à se relever, et tous deux sont partis vers la caravane de Yaya, sans un mot.

Solémo a soulevé le matelas, il a tiré le sac en toile de jute, ce bout de sac à patates découpé, puis cousu et refermé avec une lanière de cuir. Ce sac que Jaime a toujours connu sans imaginer un instant qu'il contenait un mystère.

Le sac n'est pas très épais, quelques centimètres. Dedans, une forme rectangulaire, assez dure au toucher. Dire que Yaya l'utilisait comme oreiller parfois !

Jaime n'a pas besoin d'ouvrir le sac pour savoir qu'il s'agit d'un livre. Il a reconnu sous ses doigts la forme d'un ouvrage à la couverture rigide, peut-être en cuir, a-t-il pensé, en sentant l'arrondi du dos. Le vieux et lui se sont assis dehors, par terre ; les autres étant occupés aux tâches quotidiennes, ils sont seuls, tous les deux, quand Jaime dénoue la lanière de cuir qui est serrée là depuis cinquante ans et peut-être bien plus.

Il s'agit bien d'un livre. Un vieux, vieux livre en cuir brun, lettres dorées sur le dos, un titre que Jaime ne comprend pas : *Le Livre des patrins,* pas de nom d'auteur, juste ce titre sur la tranche et sur la couverture, *Le Livre des patrins.*

Solémo laisse Jaime découvrir les mots écrits, parcourir les premières pages, des pages jaunâtres, fines, « plus fines que le papier des cigarettes roulées », se dit-il. « Elles doivent être fragiles, terriblement fragiles et précieuses », pense-t-il encore.

C'est seulement quand les pages s'ouvrent sur des dessins tracés à la plume que Solémo comprend tout à coup et sourit en fermant les yeux. Il murmure : « *Le Livre des patrins* ! »

Les mots de Solémo surprennent Jaime, il sait bien que le vieil homme ne sait pas lire et que, s'il connaît le titre de ce livre, c'est qu'il sait quelque chose. Il continue à feuilleter les pages presque diaphanes, papier bible usé par les années, combien d'années ? Aucune date ne figure au début ou à la fin du livre, pas d'éditeur non plus, aucun élément qui puisse donner quelques informations sur l'âge de ce texte, ses auteurs, son origine.

Sur les pages s'inscrivent des formes géométriques complexes, cercles barrés par des lignes courbes, cercles pointés à l'intérieur, cercles coupés en deux, dans le sens de la hauteur ou de la largeur, en diagonale aussi, rectangles aux angles marqués, transpercés par une flèche, entourés par un arc de cercle, et des lignes parallèles ou perpendiculaires, et des croix, et des signes comme le + ou le x des mathématiques, et des carrés barrés, et des losanges aux doubles traits, et des formes plus complexes, mélanges de parallélogrammes et de courbes. Chacun de ces dessins est suivi d'une explication dans un français vieilli mais compréhensible pourtant.

Jaime saisit peu à peu que ce livre contient les signes d'une écriture. L'écriture du peuple des Roms.

Ce n'est pas un alphabet, mais une langue où chaque signe représente une chose, une idée, un concept. Ce sont des idéogrammes, comme utilisent les Chinois encore aujourd'hui ou comme utilisaient autrefois les Égyptiens.

Jaime découvre que l'écriture existe pour les Roms depuis longtemps et peut-être depuis toujours. Lui qui a toujours cru que son peuple était analphabète et que les gadjé avaient cette supériorité de l'écriture sur eux, découvre que l'écriture est là, sous ses yeux, et qu'il n'en savait rien.

Il est abasourdi. Il lève les yeux vers Solémo et lui demande :

– Tu savais, toi, que nous avions une langue écrite ?

Solémo acquiesce d'un signe de tête :

– Je connais quelques-uns de ces signes. Il y a bien longtemps, j'en ai lu sur des murs, inscrits à la craie, tracés par un bâton sur des chemins, ou encore sur le sable près de l'océan. Moi-même, j'ai tracé quelques signes, il y a bien longtemps. J'ai laissé derrière moi des formes géométriques pour transmettre un message à mon frère qui devait passer plus tard ou pour prévenir une autre tribu d'un danger ou d'une bonne nouvelle. Ce livre, *Le Livre des patrins*, j'en ai entendu parler il y a bien longtemps ; c'est un livre disparu depuis des siècles. Le livre des signes qui permet d'interpréter le temps sacré de la vie.

Le livre de la connaissance. La légende veut que celui qui saura lire ce livre avancera dans sa vie par un chemin qu'il devra tracer avec soin ; plus qu'un autre homme, il comprendra le sens du voyage et il laissera quelque chose d'important aux autres Roms. Si Yaya t'a transmis ce livre, c'est que c'est à ton tour d'être celui-là. Quand tu auras utilisé ce livre comme il se doit, tu le cacheras et le transmettras avant de mourir à quelqu'un en qui tu auras confiance, entièrement confiance. Tu sauras choisir cette personne, le livre te guidera. Elle poursuivra la tâche, par un autre chemin, qu'elle devra trouver à son tour. De siècle en siècle, un homme, une femme, pourra retrouver le pouvoir du livre pour faire tourner le monde, offrir quelque chose d'important au peuple des promeneurs.

13

L'initiation

Jaime lit chaque soir son *Livre des patrins*, il découvre les signes, s'en imprègne, les note dans son cahier pour les mémoriser. Ce sont des centaines de signes qui sont inscrits là. Il veut tous les connaître, les faire siens, sachant qu'il a une mission à remplir, sans imaginer un seul instant ce qu'elle pourrait être. Il sent bien qu'il ne pourra pas savoir ce qu'il a à faire avant de connaître parfaitement ce livre et ce qu'il contient.

Le matin maintenant, quand il travaille avec les petits, il leur apprend trois nouveaux signes, qu'il leur fait dessiner et redessiner sur la terre avec des morceaux de bois, des branches effilées. Les petits adorent cette partie du cours. Ils doivent dessiner trois formes géométriques et, après, sur leur cahier, recopier un mot ou une phrase, en français, la traduction de leur forme inscrite sur la terre. Les patrins forment une langue mystérieuse inconnue des gadjé et de la plupart des adultes.

Quand ils en ont fini avec Jaime le professeur, les

petits se sauvent et emportent dans leur tête tous les patrins déjà connus, ils vont jouer ; ce sera leur code secret, indéchiffrable par l'ennemi. Des formes s'inscrivent dans la forêt, sur les troncs d'arbre, sur la poussière des chemins.

Solémo regarde de loin ce que les enfants font de ce nouvel apprentissage, il suit les avancées de Jaime, il attend lui aussi que la prédiction se réalise. Il lui semble déjà que cette langue retrouve la vie. C'est peut-être la mission de Jaime : rendre leur âme aux mots, les démultiplier, les faire s'envoler puis se replanter dans d'autres tribus jusqu'à faire le tour du monde. Que les nomades retrouvent l'usage de cette langue moribonde depuis tant d'années.

Mais il pressent qu'il y a autre chose encore, que Jaime a un autre rôle à jouer. Mais lequel ?

Jaime travaille, il en oublie les livres des gadjé. Toute son attention se porte sur celui des patrins. Ce livre qui doit venir de si loin, d'il y a si longtemps. Il le manipule avec délicatesse, certain d'avoir entre les mains un objet précieux, une relique. C'est aussi le dernier présent de Yaya.

Jaime ferme les yeux et rêve de tous ces dessins, de tous ces destins. Il pense à Ana. Toujours. Sans cesse. À cette carte qu'il a reçue. Ses quelques mots, « Je t'attends, je n'attends que toi », suivis de ce prénom qu'il aime tant, ce prénom qui déjà fait partie de sa vie. Ana.

Il n'a pas réussi à lui écrire la mort de Yaya. Ces

instants-là, il ne veut pas les poser sur une feuille, ce sont des mots à dire, pense-t-il, pas à écrire.

Jaime rêve d'écrire un signe dans le ciel, un mot d'amour gigantesque qu'Ana pourra comprendre et voir du bout du monde. Il lui apprendra les secrets de sa langue, et elle pourra lire et sourire à cette folie.

Il doit transmettre cette langue aux siens et il l'enseignera à celle qu'il aime, mais il doit faire quelque chose de plus, cela lui paraît évident.

Quelque chose qui vienne de lui, quelque chose d'important, pour les autres et pour lui. Quelque chose qui marque sa vie dans la vie des autres. Peut-être un nouveau signe à inventer ?

Lire, lire, apprendre. Il ne sait pas encore où il va, mais il sait qu'il s'en approche. C'est dans *Le Livre des patrins* qu'il trouvera la réponse à ses questions.

14

Écrire

« Ma chère Ana,

Bientôt un an et demi depuis notre dernière rencontre. Je ne peux pas tout te raconter, mais il faut que je te dise : il m'est arrivé quelque chose d'extraordinaire. J'ai découvert une langue écrite, la langue de mon peuple. Il m'a été donné de l'apprendre, de la travailler, et je la maîtrise presque. Au fur et à mesure de mon apprentissage, je l'ai enseignée à mes petits, les petits de chez nous à qui je donne des cours chaque matin. Maintenant, ils commencent aussi à écrire leur langue, et c'est merveilleux de les voir tracer des traits sur la terre, dans le sable, sur les murs, sur les troncs d'arbre. Des traits habités par des mots, des idées. Des traits qui ont un sens, une direction.

Cette langue, elle m'a été offerte, mais c'est une longue histoire que je te raconterai un jour. En échange de ce don, on m'a demandé de faire quelque chose d'important pour mon peuple.

J'ai longtemps cherché ce que je devais accomplir, je savais que c'était quelque chose qui devait redonner vie à un objet perdu puis retrouvé. C'était quelque chose qui devait m'aider à comprendre un peu le monde et aider les autres à le comprendre un peu mieux aussi. Quelque chose qui devait me faire avancer un peu plus vers moi-même et vers l'humanité.

J'ai cherché longtemps et puis j'ai compris ce que moi, Jaime, je devais faire, pour moi, pour les miens, pour les Roms.

Je dois écrire.

Écrire. Raconter, inventer, retrouver nos légendes. Écrire le monde des miens et le donner à lire, à eux et aussi aux autres, à ceux qui ne savent rien de nous, à ceux qui ont peur de nous ou qui gardent en eux la haine des siècles passés.

Je dois écrire la mémoire perdue, je dois chercher dans notre histoire les moments cachés, les peurs et les silences.

J'ai compris le secret qui m'a été donné. Maintenant, la langue de mon peuple a retrouvé le chemin de la terre, je vais pouvoir ranger le livre qui m'a tant appris ; un jour, je l'offrirai à l'un des miens qui devra trouver à son tour son chemin. Peut-être le donnerai-je à Aymée qui sait déjà tant prendre de la vie et tant donner aussi, sans encore connaître les mots ?

Je me suis mis à écrire. Mon premier livre raconte un bout de l'histoire des miens. Je voudrais que tu sois la première à me lire. Je voudrais que tu me dises si tu prends plaisir à mes mots. Si tu n'aimes pas, je recommencerai. J'effacerai tout et j'écrirai à nouveau. Je n'ai pas peur, je sais que j'y arriverai, même s'il me faut du temps. J'ai toute la vie.

Dis-moi la vérité, j'ai confiance en toi.

Je t'envoie mon cahier. J'attends déjà la lettre où tu me donneras ton sentiment. Je sais que tu es une vraie lectrice, je compte sur ton amour des livres et de la littérature.

Dans quinze jours, nous partons pour Saint-Étienne où des frères nous attendent pour célébrer le mariage d'un des nôtres. Nous y resterons peut-être une semaine ou deux, guère plus. Tu pourrais m'y écrire, à la poste restante.

Après Saint-Étienne, nous poursuivrons notre remontée vers le nord. Ainsi en a décidé notre ancêtre Solémo. Il m'a annoncé qu'il était temps pour moi de penser à mon avenir. Je crois qu'il a compris que je devais te retrouver. Je ne lui ai rien dit mais il a deviné. D'ici au printemps, nous pourrons nous revoir.

Si tu le veux toujours.

J'en rêve.

Je l'espère de toutes mes forces.

J'attends que tu me dises si j'ai écrit un livre qui mérite d'être lu.

À bientôt, Ana, j'ai tant de choses à te raconter.

À bientôt, Ana, tu me manques.

À bientôt, Ana.

Jaime »

La toute première page du cahier de Jaime

« Dehors, c'est barbelé. Dedans, c'est pas pareil. À cause du feu, des mômes qui jouent à la Game Boy et aux Indiens, à cause des allées et venues, du linge qui sèche entre les caravanes, à cause des cris, des sifflements et des éclats de rire.

Dedans, c'est pas pareil, les barbelés sont juste des traits comme des horizons superposés puis étoilés.

Dedans, il y a Yaya, l'ancêtre, assise dans son club en cuir égratigné aux accoudoirs, un peu déchiré en bas. Elle est assise et regarde, crie un peu parfois, appelle l'un, appelle l'autre. D'un coup, elle s'endort, son menton descend jusqu'à sa poitrine.

De dehors ça paraît triste et moche. Des tas d'ordures derrière les barbelés, terrain vague, vague terrain en friche, boue desséchée, relent de camp qui donne un instant un peu de honte à ceux qui passent, entre deux feux.

Dedans, ce n'est pas terrible mais ce n'est pas si triste. Pas plus triste qu'ailleurs. Des hommes, des femmes, des enfants, des animaux (des rats plus souvent que des chiens), des rêves, des espoirs, des désespoirs aussi. La vie, juste la vie. »

dans la même collection

Mouloud Akkouche,
Balle perdue

Francisco Arcis,
La Balade d'Elvis

Robert Bigot,
Le Cœur à la renverse

Fabrice Colin,
Camelot

Jean-Marie Defossez,
Un présent imparfait

Yaël Hassan,
Léna et la vraie vie

Michel Le Bourhis,
Échancrure

Françoise Legendre,
Le Petit Bol de porcelaine bleue

Nicole Maymat,
Le Bon Dieu se cache dans un nuage

Claire Mazard,
L'Ile aux peintres

Marie-Sabine Roger,
Attention, fragiles

Isaac Bashevis Singer,
Le Golem

Murielle Szac,
La Grève

La photocomposition de cet ouvrage
a été réalisée par
GRAPHIC HAINAUT
59163 Condé-sur-l'Escaut

Achevé d'imprimer en février 2008
sur les presses de Rodesa en Espagne

Dépôt légal : mars 2008